一庹

最輕鬆
好背的

韓文單字

語源
圖鑑

韓語學習者、TOPIK考生、
追星族必備，高效提升字彙力！

阪堂千津子／著　しろやぎ秋吾／繪　郭修蓉／審訂　陳欣如／譯

CONTENTS

第 **1** 章 「人」的語源

表示「～的人」

與「身體」有關

與「生活」有關

第 ❷ 章 「東西、事物」的語源

從「物」衍生

和「東西、事物」有關

第**3**章 「行為」的語源

第 **4** 章　「樣子、狀態」的語源

有「遺憾」的含意

第 **5** 章　「量、質」的語源

表示「程度」

表示「真的、本來」

第**6**章　「位置、順序」的語源

表示「上下左右及位置」

表示「順序」

┌─ 專欄　詞彙力再進化！ ─┐

好評推薦

「常常覺得韓文單字很難背？特別是級數愈高，出現的單字愈來愈多，覺得自己愈背愈混亂？那麼就從韓文單字的語源下手吧！跟著語源背韓文單字，不僅可以了解由來，更可以讓你的字彙量輕鬆增加！」

——Annyeong LJ 안녕 엘제이，韓文 YouTuber

「這本書真的書如其名，書本裡教導的衍生記憶法讓大家可以事半功倍，背單字的效率直接提升200％。我自己也都是使用單字語源記憶法來背單字，上課時也常常補充相關語源的單字給學生，有了這本書，就不用羨慕大雄的記憶吐司了！」

——阿敏，超有趣韓文創辦人、
《韓語自學力》作者

最輕鬆好背的衍生記憶法，韓文單字語源圖鑑

「說到背單字，就立刻覺得頭痛嗎？你知道韓文中其實也有語源的概念嗎？透過本書介紹的語源概念背單字，更能事半功倍！絕對是每個韓文學習者必備的主題單字書！」

——雷吉娜，超有趣韓文創辦人

「초급 단어 수준을 중급 수준으로 올려 주는 데 아주 유용한 책이에요. 단어만 공부하는 게 아니라 그 안에서 한국인의 생각과 문화도 배울 수 있어요. 한국어 어휘 수준을 높이고 싶으면 이 책을 한번 꼭 읽어 보세요.

這本書有助於從初級的韓語詞彙量飆升到中級水準。不僅可以學到韓語單字，也可以從書裡面學到韓國人的想法和文化。如果想要提高韓語詞彙的水準，一定要看這本書！」

——趙叡珍，東吳大學資深韓語講師

解決你背韓文單字的困擾

「韓文單字都背不太起來……」

「有沒有什麼背單字的訣竅啊？」

只要是正在學韓文的人，應該都有過這樣的煩惱吧？

韓文單字主要由三種類型組成，包括源自漢字的「漢字詞」、原本就存在的「固有詞」、西洋傳進來的「外來詞」。

外來詞，如쇼핑（shopping，購物）、카스텔라（Castella，蜂蜜蛋糕）這類源自英文等外國語言的單字。只要念出來，多少能聯想單字的意思，所以只要記得基本規則，並不會太難記。

漢字詞則是像학생（學生）、과학（科學）等，將漢字直接轉換成韓文的單字。在韓文中，基本上一個漢字就只會有一種念法。

「科學」是과학，那如果是「學科」的韓文呢？沒錯，就是학과，讀法顛倒過來就好。只要記得每個漢字對應的韓文發音，就能在看到一個新單字時，聯想到它的意思。

另一方面，所謂固有詞是指原本韓國就存在的語言，也就是韓文的原生單字。例如어깨（肩膀）、도깨비（鬼怪）都是固有詞，念念看就可以知道，這類單字與漢字毫無關聯，所以比較難記。

若想要熟記漢字詞和固有詞，本書推薦用「語源」來做為記憶的訣竅。**「語源」指的是表現單字構成與由來的元素**，而在本書中列舉的語源，也包括了構成詞彙基本概念的元素。例如물，是固有詞，代表「水」的意思。강물則是「강（河川）＋물（水）」，也就是「河水」；눈물則是「눈（眼睛）＋물（水）」，也就是「眼淚」。

如果能像這樣理解語源的話，除了能真正理解詞彙本來的意思，也能類推相似的詞彙。

在各種韓文檢定當中，想要通過難度較高的等級，就必須理解單字真正的意思。而在近期，也有越來越多人選擇閱讀韓文的原文書，若能透過語源來接觸單字真正的模樣，也能根據前後文合理地推斷意思。

如果這本書能助正在學習韓文、或即將開始學習韓文的各位一臂之力，那就再好不過了。此外，在撰寫本書的過程中深受李慧潾女士、金希娟女士、田中惠美女士、金玄謹老師的照顧，在這裡致上最真摯的感謝。

不僅是背單字的訣竅，還能提升詞彙力！

——韓文的「語源」到底是什麼？

● 「語源」能決定單字大概的意思

本書是日本第一本以韓文「語源」圖鑑做為主題的書籍。那麼「語源」到底是什麼呢？為了更容易理解，我先用英文來舉例說明。

英文單字 subway（地下鐵）、subtitle（副標題）、subcommittee（小組委員會）都有一個共通點，那就是裡面都含有「sub」一字。

「sub」有「下」的意思，前面舉的三個英文單字，各自的組成如下：

sub（下）＋ way（道路）＝ subway（地下鐵）

sub（下）＋ title（標題）＝ subtitle（副標題）

sub（下）＋ committee（委員會）
　＝ subcommittee（小組委員會）

「下」的含義可能和位置有關，也可能和立場、順序有關，甚至也有「候補」的意思，因此，包含 sub 的單字都含有「下」的意思。

「下」的部分就是語源，即構成單字原意的元素。

　　韓文也一樣有「語源」。例如밑有「下、在下方」的意思。因此，將此元素與其他單字連結，就能組成新的單字。

밑（下）＋천（金錢）＝밑천（本金）

밑（下）＋바닥（地面）＝밑바닥（底部、根本）

밑（下）＋감（材料）＝밑감（原料、種子）

● 韓文語源的結構

　　接下來介紹更多韓文語源的例子。韓文的이代表「人」的意思，若分解어린이（小孩）的構造，就是：

어리다（年幼的）＋이（人）

　　是由形容詞「年幼的」加上「人」的語源所組成。其他例子還有：

늙은이（老人）→늙다（動詞「年老」）

＋이（人）

젊은이（年輕人）→젊다（形容詞「年輕的」）

＋이（人）

지은이（作家）→짓다（動詞「寫作」）

＋이（人）

從上可以得知，加上이便代表有「人」的意思（不過，이這個字有時也有別的意思）。

只要理解了「構成單字的元素」等於「語源」，就能成為**記憶時的線索**，不僅變得更好背，也比較能推測初次看到的單字的意思。

另外，像밑 - 這種接在最前面的部分稱為「前綴」，像 - 이這種接在最後面的部分叫做「後綴」。

然而，代表單字根本的語源，雖然意味著詞彙的起源和發展，但如果追溯歷史，也有很多與現代用詞差異甚遠，甚至是在現代不會使用的單字。此外，雖然可以類推，仍然有些詞語因為根據不足，而無法推定為「語源」。

不過，本書以學習單字為優先考量，因此將以能夠幫助讀者理解、簡單學習的方式來介紹語源。

若想要更正確地理解或深入學習語源，建議可

以參考韓國國立國語院網站中的相關網頁（參照P.18），或者韓國出版有關語源的解說書等。

● 藉由語源學習韓文的四大優點

■ 優點 1　從共通語源順藤摸瓜學會更多單字

이和源自於漢字的인有「人」的意思，將這含義代入後，就能直觀推測出「只要有包含這個字的單字，其意思就和人相關」。

特別是有很多漢字詞和中文不論在構造還是讀音上都很相似，因此從漢字著手，就能順利地學會更多單字。例如회사（公司）念作「회（會）＋사（社）」，而「社會」的讀音則反過來念作「사회」。「公司職員」就是「회사」（會社）加上「원」（員）變成「회사원」。將漢字詞的漢字「語源」當作記憶點。

另一方面，並非源自於漢字的「固有詞」，不論是讀音或意思都和中文不一樣，單靠死記硬背也很難留下印象。不過與漢字詞相同，比起死記，不如將「語源」做為提示，透過橫向理解的方式會更

容易記憶。固有詞不像漢字詞那麼單純，在理解語源上會稍微困難一點。為此，我在本書中也有盡可能多列出一些固有詞。

▋優點 2　能更了解單字的含義

在知道語源的意思後，就能更精確理解單字的意義。

例如動詞「觀察」在韓文中是뜯어보다。뜯어有「分解、剝離」之意，보다則有「看」之意，因此뜯어보다就有了「觀察」的意思。

特別是韓文的動詞，例如살아나다（活著＋出來＝活下去）、빛나다（光＋出來＝發光）、자라나다（養育＋出來＝成長）等詞，都有一樣的語源，且意思也很相似，像這樣意思只差一點點的單字還有很多，而且真的不好記。

但如果知道「語源」，了解這個單字是從哪個部分衍生而來、理解它真正的意思，就可以加深印象，讓單字變得更好記憶。

▋優點 3　更輕鬆面對韓文檢定

韓文檢定包含韓國語文能力測驗（TOPIK）、

韓國語能力評價試驗（KLAT）、外語導遊考試等。

　　大部分的考試，不僅有難度偏高的漢字詞，固有詞的出題範圍也很廣。此外，固有詞幾乎大部分都是一詞多義，無法單靠一句話就解釋清楚，**若想擁有推導出合乎文意的實力**，「理解語源」這件事則至關重要。

　　在背一個單字時，同時也記住它的**相反詞、同義詞、衍生詞**是很有效率的學習方式。從初級開始就習慣透過「語源」擴展單字量的話，在未來的學習上也能事半功倍！

▋優點4 觸碰到語言深處的魅力

　　某些單字的語源會隨著時代改變，成為現代人常用的意思，在學習的過程中了解語源的變化也很有趣。

　　從語源學習單字、進而了解韓文，**也可以知道使用該詞彙的時空背景**，一個單字有時蘊含著大量的資訊。不論是喜愛的歌手所寫的歌詞，或是優美的韓文隨筆中隱含的思想，就讓我們試著從單字的層面理解，好好感受寫作者的世界觀吧。

本書的使用方法

單字的構造

解說單字的構造，例如下圖中的낯가리다（怕生），就是由낯（臉）＋가리다（選擇）所構成。

語源＋意思

介紹該頁的語源和意思，當有二種以上的意思時，會以最常見的意思為主，其他的意思則附註在「解說欄」。

語源解說

講解語源的涵義。

主要單字

介紹使用該語源的主要單字。

插圖

搭配圖像讓單字更好背！插圖的繪製原則有二：1. 表現發音的諧音 2. 表現單字的原意。

與「身體」有關

낯 [nat] 臉、面子

表示面容，或面對他人的臉面、面子。常用在낯이 뜨겁다（臉很燙→丟臉）、낯이 깎이다（臉被削了→丟臉）等慣用語上。

낯가리다 動 ▶ 怕生
[nat-ga-ri-da]　　　　낯＋가리다（選擇）

例 이 아이는 낯을 많이 가린다.

這個孩子很怕生。

낯가리다
怕生 什麼的……
真受不了

最輕鬆好背的衍生記憶法，韓文單字語源圖鑑

034

※ 參考文獻

《國語語源辭典》（국어 어원 사전），金武林（김무림）著，2020

《從單字形成原理學韓文的語彙》（단어 형성 원리로 배우는 한국어 어휘），姜賢華（강현화）等合著，2019

《新版韓文檢定官方指南合格幫手》（新裝版「ハングル」検定 公式ガイド 合格トゥミ），韓國語能力檢定協會著，2016

※ 參考網站

國立國語院（국립국어원）
http://www.korean.go.kr/

標準國語大辭典（표준국어대사전）
https://stdict.korean.go.kr/

우리말샘
https://opendict.korean.go.kr/

낯익다 [形] ▸ 面熟的
[na-dik-da]　　낯＋익다（成熟）

例 낯익은 사람인데 이름이 생각이 안 나 .

明明是很面熟的人，卻想不起名字。

● 從「很習慣、熟悉●臉孔」的意思衍生為「面熟的」。

낯설다 [形] ▸ 面生的、陌生的
[nat-seol-da]　　낯＋설다（很不習慣的）

例 낯선 사람

不熟的人

● 從「很不習慣、不熟悉的臉孔」之意衍生為「不熟的」。

낯 (이) 두껍다 [形] ▸ 厚臉皮的
[na-chi du-kkeop-da]　　낯＋두껍다（厚的）

例 그런 사건을 일으켰는데도 그만두지 않겠다니 참 낯이 두껍다 .

發生那樣的事還不辭職，實在是太厚臉皮了。

語源備忘錄

낯常常從「面對他人的臉孔」，衍生為「顏面、會面」的意思。

【例】그를 볼 낯이 없다 . ＝沒有臉面對他。

그런 일을 저질러 놓고 무슨 낯으로 만나？

＝做出這種事情來，該用什麼臉面對他？

好多
贅肉
군살

「人」的語源

- 表示「～的人」
- 與「身體」有關
- 與「生活」有關

감 [gam] 適任者、道具

接在和職位或角色有關的單字後面，有針對該職位、職務上「合適的人選」的意思。此外，也可用來表示適用於該用途的道具。發音為 [깜]。

대통령감 名 ▶ 總統候選人
[dae-tong-nyeong-kkam]
　　대통령（總統）＋감

例 검찰총장이 차기 대통령감 후보에 올랐다 .

檢察總長被提名為下一屆的總統候選人。

那個人就是
總統 候選人……
대통령 감

신랑감 图 ▶ 新郎人選、準女婿

[sil-lang-kkam] 신랑（新郎）＋감

例 일등 신랑감 직업은 공무원이다 .

最理想的伴侶職業為公務員。

● 「新娘人選」為신붓감。

사장감 图 ▶ 適任的接班人

[sa-jang-kkam] 사장（社長、公司老闆）＋감

例 아버지 유언으로 사장감이 안 되는 사람이 회사를 이어 받았다 .

遵照父親的遺言，將公司傳給了不適任的接班人。

장난감 图 ▶ 遊樂設施、玩具

[jang-nan-kkam] 장난（惡作劇）＋감

例 어린이날을 앞두고 완구 업계가 장난감 판매 행사에 나섰다 .

在兒童節前夕，玩具業界舉辦了許多玩具促銷活動。

語源備忘錄

「감」能用於漢字詞和固有詞，使用範圍十分廣泛，其本身還有「種子、原料」的意思，例如글감（文章題材）、옷감（布料）、횟감（生魚片的材料）、먹잇감（魚餌）、이야깃감（話題）等。此外，和감意思類似的語源有거리（參照 P.70）。

꾼 [kkun] 專門、習慣做〜的人

代表從事該工作的人，或指專精、習慣於做某事的人，也指擁有該能力或才藝的人。語源為漢字「軍」（군）。

재주꾼 图 ▶ 多才多藝的人
[jae-ju-kkun]　재주（才能）＋꾼

例 그 녀석은 희대의 재주꾼이다 .

他是少見多才多藝的人。

他被稱為「**才能**君」

재주 꾼

＝多才多藝
之人

語源備忘錄

「꾼」若接在非職業的單字後面，指「專門從事某行為的人」，有點貶抑的意思。

【例】투기꾼（投機者）＝투기（投機）＋꾼

사기꾼（騙子）＝사기（詐欺）＋꾼

노름꾼（賭徒）＝노름（賭博）＋꾼

살림꾼（管家）＝살림（生活）＋꾼

장사꾼 图 ▶ 生意人

[jang-sa-kkun]　　장사（商業）＋꾼

例 저 사람은 장사꾼이라 계산이 빠르다 .

因為他是生意人，腦筋動得很快。

- 장사一詞有點貶抑的意思，對從事買賣生意的對象，應使用 사업가（事業家）稱呼較為恰當。

사냥꾼 图 ▶ 獵人

[sa-nyang-kkun]　　사냥（狩獵）＋꾼

例 사냥꾼에게 쫓기는 사슴을 구해줬다 .

拯救了正被獵人追捕的鹿。

- 在韓國版的「羽衣仙女」故事中，鹿為了報答樵夫幫助牠逃離獵人的追捕，於是帶樵夫來到仙女們沐浴的地方。

구경꾼 图 ▶ 觀光客、看熱鬧的人

[gu-gyeong-kkun]　　구경（觀賞、看熱鬧）＋꾼

例 구경꾼들이 싸움을 걸도록 부추겼다 .

看熱鬧的人們煽動他們打架。

술꾼 图 ▶ 愛喝酒的人、酒鬼

[sul-kkun]　　술（酒）＋꾼

例 우리 아버지는 술 없이는 못 사는 술꾼이다 .

我爸爸是不能沒有酒的酒鬼。

보 [bo] 擁有該特徵的人

指該特質強烈的人、時常做該行為的人，或者維持在某一狀態的人。有一種說法是源自日文中對小朋友的暱稱「～坊」，但此說法尚不確定。

먹보 图 ▶ 貪吃鬼
[meok-ppo]　　먹다（吃）＋보

例 먹보의 눈물

貪吃鬼的眼淚

● 與韓國名曲〈木浦的眼淚〉（목포의 눈물）有諧音雙關。

울보 名 ▶ 愛哭鬼

[ul-bo] 　울다（哭泣）＋보

例 내 전 여자친구는 울보였어요 .

我的前女友是個愛哭鬼。

- 울보指的是會因為一點小事就哭的性格。

느림보 名 ▶ 慢郎中

[neu-rim-bo] 　느림（慢）＋보

例 택시는 느림보 걸음으로 나아가기 시작했다 .

計程車開始慢慢向前行駛。

털보 名 ▶ 毛髮濃密的人

[teol-bo] 　털（毛）＋보

例 우리집 식구들은 모두 털보다 .

我們家的人毛髮都很濃密。

잠보 名 ▶ 貪睡蟲、很會睡的人

[jam-ppo] 　잠（睡覺）＋보

例 내 동생은 잠보라 학교에 늘 지각한다 .

我家老弟是個貪睡蟲，去學校總是遲到。

- 「貪睡蟲」還有一個單字是잠꾸러기。在韓文中有미인은 잠꾸러기（美人多睡眠）的說法。

이 ① [i] 人

接在形容詞和動詞後面,表示具備該特質或做該行為的人(沒有貶抑、瞧不起的意思)。接在名詞和動詞所組成的語幹後面時,會多了「～人」、「～者」的意思。

어린이 图 ▶ 小孩

[eo-ri-ni]　　　　　어린(年幼的,어리다的冠形型)+이

例 일찍 자고 일찍 일어나는 어린이 .

早睡早起的小孩。

● 어린이一詞除了會用於設施等名稱上,如位於首爾的어린이대공원(兒童大公園),在售票處也常看到「어린이(小孩)、어른(大人)」這類的標示。어린이날指的是「兒童節」。

進到牢籠裡的 **小孩 어린이**

※「牢籠」的日文發音近似어린이。

젊은이 图 ▶ 年輕人

[jeol-meu-ni]　　　　젊은 (年輕的,젊다的冠形型) +이

例 〈젊은이들의 양지〉

《年輕人的陽地》

● 此為 90 年代相當熱門的韓劇名稱,양지即「向陽之地」。

지은이 图 ▶ 作者

[ji-eu-ni]　　　　지은 (寫作,짓다的冠形型) +이

例 이 책의 지은이는 재미교포다 .

這本書的作者是韓裔美國人。

● 常聽到的작가 (作家) 是漢字詞,지은이則是固有詞。「譯者」則為「옮기다 (移動) +이 (人)」,組成옮긴이。

고기잡이 图 ▶ 漁夫

[go-gi-ja-bi]　　　　고기 (魚) +잡다 (捕獲) +이

例 그는 탁월한 기술을 가진 고기잡이로 이름을 날렸다 .

他以身為一位技術高超的漁夫而遠近馳名。

語源備忘錄

늙다 (上年紀) 的冠形型是늙은,加上이之後,늙은이代表老人的意思,但因為늙은이有「老糊塗」的負面意味,因此在看板、標示上並不會使用,而是會使用表示尊稱的웃어른 (長輩),或是漢字詞的노인 (老人),都是常見的表現。

쟁이 [jaeng-i]

有某種特徵、特質的人

表示這個人的特質與職業，有「〜的人」、「做〜的人」之意。在不同場合之下，有時會有一點貶抑的意思。

멋쟁이 图 ▶ 時髦的人
[meot-jjaeng-i]

멋（有品味的）＋쟁이

例 그녀는 멋쟁이로 소문나 있다.

聽說她是個很時髦的人。

一件衣服不穿兩次的

時髦的人

該換了~ 멋 쟁이

깍쟁이 _名 ▶ 小氣、狡猾的人

[kkak-jjaeng-i]   깍（切、削）＋쟁이

例 어리게 보이지만 여간 깍쟁이가 아니다 .

看起來年紀輕輕，腦筋卻動得很快。

- 指小氣、狡猾又容易見風轉舵的人。깍的語源尚不清楚，有一説是源自古代刺在罪人臉上的刺青（又稱黥刑、墨刑）。

고집쟁이 _名 ▶ 頑固的人

[go-jip-jjaeng-i]   고집（固執）＋쟁이

例 여동생은 하고 싶은 일은 꼭 하고야 마는 고집쟁이다 .

妹妹是個頑固的人，想做的事就一定要做。

심술쟁이 _名 ▶ 壞心眼的人

[sim-sul-jaeng-i]   심술（壞心眼）＋쟁이

例 심술쟁이는 복을 받지 못한다 .

壞心眼的人得不到福氣。

- 韓國諺語。

거짓말쟁이 _名 ▶ 騙人精

[geo-jin-mal-jaeng-i]   거짓말（說謊）＋쟁이

例 그런 거짓말쟁이 말은 아무도 믿지 않는다 .

那種騙子說的話，任誰也不會信。

語源備忘錄

使用쟁이的單字還有수다쟁이（愛說話的人）＝「수다（嘮叨）＋쟁이」、월급쟁이（上班族）＝「월급（月薪）＋쟁이」、요술쟁이（魔法師）＝「요술（妖術）＋쟁이」。

간 [gan] 肝

原本是指「肝臟」，也有表示「心情、心臟、膽量、感覺」等意思。

간 (이) 떨어지다 動 ▶ 驚嚇

[gan-i tteo-reo-ji-da]　　　　　　　　　간＋떨어지다（掉落）

例 그 소식에 너무 놀라서 간이 떨어질 뻔했다 .

被這則消息嚇到（連肝都掉下來）了。

간이 떨어지다
嚇得　連肝都掉了
哇！
咚！

간담 图 ▶ 肝膽、肝

[gan-dam] 　　간＋담（膽）

例 간담이 서늘해지는 경험을 했다 .

曾有過膽戰心驚的經驗。

- 간담除了指肝和膽之外，還有「心底、心中」的意思。成語「肝膽相照」在韓文中就是간담상조。

간 (이) 크다 動 ▶ 大膽、有膽量

[gan-i keu-da] 　　간＋크다（大的）

例 아내에게 온 전화에 대고 "누구세요？" 라고 묻는 남편은 참 간 큰 남자다 .

接起妻子打來的電話，問「請問哪位？」的丈夫，實在是膽量過人。

- 此為韓國的笑話，諷刺丈夫不知道妻子的恐怖。

간 (이) 붓다 動 ▶ 膽大包天

[gan-i but-tta] 　　간＋붓다（膨脹）

例 우리한테 덤비다니 네가 간이 부었구나 .

你竟然敢頂撞我們，真是什麼都不怕啊。

- 有「過分大膽」的否定意味。

語源備忘錄

간有「肝臟」的意思，但常用於抽象意思的慣用語。

【例】간에 기별도 안 간다（連肝臟也無消無息）＝食
　　　物少到只夠塞牙縫

　　　간에 바람 들다（風吹入肝臟裡）＝不務正業

　　　간이 콩알만 하다（肝臟跟豆子差不多大）＝謹
　　　慎膽小

낯 [nat] 臉、面子

表示面容，或面對他人的臉面、面子。常用在낯이 뜨겁다（臉很燙→丟臉）、낯이 깎이다（臉被削了→丟臉）等慣用語上。

낯가리다 動 ▶ 怕生

[nat-kka-ri-da]

낯＋가리다（選擇）

例 이 아이는 낯을 많이 가린다.

這個孩子很怕生。

낯가리다
怕生 什麼的……
真受不了

낯익다 形 ▶ 面熟的

[na-dik-tta] 　　　낯＋익다（成熟）

例 낯익은 사람인데 이름이 생각이 안 나.

明明是很面熟的人，卻想不起名字。

- 從「很習慣、熟悉的臉孔」的意思衍生為「面熟的」。

낯설다 形 ▶ 面生的、陌生的

[nat-seol-da] 　　　낯＋설다（很不習慣的）

例 낯선 사람

不熟的人

- 從「很不習慣、不熟悉的臉孔」之意衍生為「不熟的」。

낯 (이) 두껍다 形 ▶ 厚臉皮的

[na-chi du-kkeop-tta] 　　　낯＋두껍다（厚的）

例 그런 사건을 일으켰는데도 그만두지 않겠다니 참 낯이 두껍다.

發生那樣的事還不辭職，實在是太厚臉皮了。

語源備忘錄

낯常常從「面對他人的臉孔」，衍生為「顏面、會面」的意思。

【例】그를 볼 낯이 없다. ＝沒有臉面對他。

　　　그런 일을 저질러 놓고 무슨 낯으로 만나?

　　　＝做出這種事情來，該用什麼臉面對他？

머리 [meo-ri]

頭、「性質」較通俗的說法

從原本「頭」的意思，衍生為對於該特質較為通俗的說法，常被用在批評對方不好的一面。人類的머리（頭）和數動物時用的量詞머리（頭、隻）是同一個語源。

인정머리 [名] ▶ 人情味

[in-jeong-meo-ri]　인정（人情）＋머리

[例] 참 인정머리 없는 놈이다.

真是個薄情的傢伙。

● 直翻為「真是一點人情味也沒有的傢伙」。

餐廳

인정머리 真是一間 人情味 十足的餐廳阿！

성질머리 名 ▶ 性格

[seong-jil-meo-ri]

성질（性質、性格）＋머리

例 내 여동생이지만 성질머리가 더럽다 .

雖然是我妹妹，但她的性格不太好。

● 성질（性質）指一個人擁有的本色。

주변머리 名 ▶ 變通性、靈活性

[ju-byeon-meo-ri]

주변（變通性）＋머리

例 그는 주변머리가 없다 .

他很難搞。

● 주변的俗語。주변是指在工作上能獨當一面、在處理事情上能靈機應變，或有這方面的才能。주변머리가 없다也可翻為「沒出息」。

버르장머리 名 ▶ 舉止、習慣、教養

[beo-reu-jang-meo-ri]

버릇（習慣）＋머리

例 버르장머리 없다 .

沒禮貌。

● 버릇（習慣、舉止）的俗稱，버르장머리通常會和없다一起使用。

목 [mok] **脖子、喉嚨**

목在韓文中使用的範圍很廣。「引頸期盼」在韓文中表示成목 빠지게 기다리다（等到連脖子都掉了）。

목구멍 名 ▶ 喉嚨
[mok-kku-meong]　　목＋구멍（洞）

例 **목구멍이 포도청.**

喉嚨猶如捕盜廳（＝古代的警察）。

- 指為了填飽肚子而故意犯罪，讓自己被警察逮捕，可以進監獄、吃牢飯。

脖子 목 的 洞 구멍 就是 喉嚨

목소리 图 ▶ 聲音

[mok-sso-ri] 목＋소리（聲音）

例 〈낮은 목소리〉

《低聲》

- 〈낮은 목소리〉是一部紀錄片，故事描寫慰安婦的日常。另外，劇名中有목소리的還有人氣連續劇〈너의 목소리가 들려〉（聽見你的聲音）。

목도리 图 ▶ 圍巾

[mok-tto-ri] 목＋「돌이（捲起來的物品）→도리」

例 늑대 목도리란 남자친구를 의미한다.

「狼的圍巾」又有男朋友的意思。

- 男朋友的手臂在冬天裡就像圍巾一樣溫暖，但男朋友也可能變成「狼」（意指像狼一樣暴力相向）。此外，「목（脖子）＋걸이（掛著的東西）」就是목걸이（項鍊）（參照 P.89）。

손목시계 图 ▶ 手錶

[son-mok-ssi-gye] 손（手）＋목＋시계（時鐘）

例 고급스러운 손목시계를 찬다.

戴著好像很高級的手錶。

語源備忘錄

목（脖子）是連接身體中心的樞紐，也會用來表示손목（手腕）、발목（腳踝）等身體較纖細的部位。此外，在表示空間中的「重要地點」時也會使用목。

【例1】골목（小巷、胡同）＝골（小徑）＋목
골목으로 들어 오세요.（請進入小巷裡。）

【例2】건널목（平交道、十字路口，某些情況下也有斑馬線的意思）＝건너다（越過）＋목
건널목 근처에서 기다려요.（在平交道附近等。）

몸 [mom] 身體、身子

몸代表「身體」的意思，指構成人與動物容貌的整體，或表示某種活動的功能與狀態。除了生物的「身體」，也能用來指物品的「形體」，例如飛機的機身。

몸조리 图 ▶ 健康管理
[mom-jo-ri] 몸＋조리（調理）

例 **몸조리 잘하세요.**

請多多保重。

● 在醫院櫃檯之類的地方常會聽到的固定用語。

請多多保重~
몸조리 잘하세요

咳

相關語源專欄

表示「身體」的체

체是「體」的漢字詞，表示「身體」。

【例】체계（體系）、체격（體格）、체력（體力）、
체면（體面）、체제（體制）、체중（體重）

몸집 图 ▶ 身材、體格
[mom-jjip]
몸＋집（家）

例 한국 배우 중에는 몸집이 큰 사람이 많다 .

韓國演員中體格壯的人很多。

몸매 图 ▶ 身段、體態
[mom-mae]
몸＋매（樣子）

例 요즘 몸매가 좋은 가수가 인기가 많다 .

最近身材好的歌手很受歡迎。

● 몸매被認為源自「몸（身體）的모양（模樣）」。

몸짓 图 ▶ 手勢
[mom-jjit]
몸＋짓（動作）

例 몸짓으로 의사소통을 하는 게임 .

用手勢溝通的遊戲。（即比手畫腳的遊戲。）

몸살 图 ▶ 積勞成疾（全身提不起勁）
[mom-sal]
몸＋살（煞、邪氣）

例 한국에서 공부를 시작하자마자 몸살이 났다 .

在韓國開始念書後，很快就感到全身提不起勁。

● 몸살감기或감기몸살指的都是由於疲累導致的病，表示渾身
提不起勁、類似感冒的症狀。

살 [sal] 肉、肌肉

> 動物和人類的「肉體、肉、肌肉」，有時也能指皮膚。

군살 图 ▶ 贅肉
[gun-sal] 　 군（多餘的）＋살

例 운동 부족으로 군살이 붙었다.

因為運動不足，長贅肉了。

● 군有「多餘」的意思（參照 P.202）。

好多 贅肉 군살

게살 图 ▶ 蟹肉

[ge-sal]　　게（螃蟹）＋살

例 게살을 잘 발라 먹는 방법을 아세요？

你知道剝蟹殼、吃蟹肉的正確方法嗎？

- 蟹肉棒叫做게맛살（螃蟹風味的肉）。

살찌다 動 ▶ 變胖

[sal-jji-da]　　살＋찌다（長肉）

例 건강해져서 좀 살찐 것 같다．

恢復健康後看起來變胖了。

- 「變瘦」是「살＋빠지다（脫落）」組成的살빠지다。

삼겹살 图 ▶ 三層肉、五花肉

[sam-gyeop-ssal]　　삼（三）＋겹（重疊）＋살

例 삼겹살에는 소주가 딱이다．

五花肉配燒酒最對味了。

語源備忘錄

接有살的單字還有술살（飲酒過度而長出的贅肉）＝
「술（酒）＋살」、뱃살（肚子肉）＝「뱃（肚子）＋
살」、살색（皮膚色）＝「살＋색（顏色）」等。

소리 [so-ri] 聲音、聲響

不論是蟲鳴聲、人的怒吼聲、鈴聲還是風聲，全部都是소리。順帶一提，在電話語音信箱開始前的提示音叫做삐소리（嗶聲）。

우는소리 图 ▶ 哭訴
[u-neun-so-ri]   우는（哭泣，울다的冠形型）＋소리

例 우는소리 해 봤자 소용없다 .

就算哭也沒有用。

거센소리 图 ▶ 激音

[geo-sen-so-ri]

거센（激烈的）＋소리

例 거센소리는 숨이 거세게 나온다 .

念激音時會用力吐氣出來。

- 「激音」的韓文是거센소리或격음，包含「ㅋ、ㅌ、ㅍ、ㅊ」四個子音。另外，「硬音」的韓文則是된소리或경음，包含「ㄲ、ㄸ、ㅃ、ㅆ、ㅉ」五個子音。

큰소리 图 ▶ 大聲、大的聲響

[keun-so-ri]

큰（大的）＋소리

例 큰소리로 이야기한다 .

大聲說話。

- 큰소리（를）치다也有「說大話、打腫臉充胖子」的意思。

소리꾼 图 ▶ 歌手

[so-ri-kkun]

소리＋꾼（人）

例 그 영화는 진짜 소리꾼이 연기했다 .

那部電影是由真正的盤索里歌手所演出。

- 原本的意思是「以唱歌維生的人」，如今泛指盤索里（판소리）歌手。盤索里為一種韓國傳統的曲藝形式，歌者配合杖鼓用唱劇的音調吟唱。

語源備忘錄

목소리和소리一樣都有「聲音」的意思，但會在不同的場合使用。목소리是從喉嚨發出來的聲音，能夠傳達意思、有抑揚頓挫。而소리主要用來表示動物的鳴叫聲，或人類發出不明所以的話，或不值得聽的廢話。例如有人說出難以理解的話時，聽者會對他說무슨 소리야？（你在說什麼？），而不會用무슨 목소리야？來回應。

손 [son] 手

代表手或手指。

손잡이 图 ▶ 手把、吊環
[son-ja-bi]　손＋잡다（抓住）＋이（東西）

例 손잡이를 꽉 잡으세요.

請牢牢握住吊環。

- 손잡이可以用在門的把手、杯子的握把、背包的提袋和鍋子的手把等，這些都是手抓住（通常指握著）的部分。至於走廊、樓梯上的扶手，電車、公車上的柱狀扶手則稱為기둥（柱），陽台上的扶手則稱為난간（欄杆）。

손 잡이
用手 捉住
的東西＝吊環

손목 [名] ▶ 手腕

[son-mok]　　손＋목（脖子）

例 명품 손목시계는 뇌물로 인기가 높았다 .

名牌手錶常被用來當作賄賂品。

손길 [名] ▶ 援手

[son-kkil]　　손＋길（道路）

例 어려운 이웃에게 사랑의 손길을 .

要對不幸的人伸出援手。

- 募款時使用的慣用語。손길、발길（P.48）中，길的語源尚未確定，但有可能指「道路、手段」。

손쉽게 [副] ▶ 簡單地、輕易地

[son-swip-ge]　　손＋쉽게（簡單地）

例 요즘은 인터넷으로 한국어를 손쉽게 배울 수 있다 .

最近在網路上就能輕易學習韓文。

- 쉽다（簡單的、容易的）加上게後就會變成副詞쉽게（簡單地、容易地）。손쉽게則是손쉽다（輕易、簡單）加上게的型態。

語源備忘錄

用「손＋○○」幾乎可以表示手的所有部位。
【例】손바닥（手掌）＝손＋바닥（地板）、손등（手背）＝손＋등（後背）、손톱（指甲）＝손＋톱（爪子）。此外，也有動詞如손꼽다（屈指計算）＝손＋꼽다（折）。

발 [bal] 腳

腳的意思。다리（腿）是指身體的下肢，발則是指身體最末端的部分。順帶一提，韓文中的발이 넓다（腳很寬）有「人脈廣闊」之意。

발길 图 ▶ 腳趾、往來
[bal-kkil] 발＋길（道）

例 이번 사건으로 인해 손님 발길이 뜸해졌다.

因為這次的事件導致來客數下降。

● 길的語源還未有確切的解釋（參照 P.47）。

발목 名 ▶ 脚踝

[bal-mok]　　손＋목（脖子）

例 그 남자한테 발목을 잡혔다．

被他抓住了腳踝。

- 不只是指「實際被抓住腳踝」，也能比喻為「被人握住弱點、動彈不得的狀態」。

발등 名 ▶ 脚背

[bal-tteung]　　발＋등（背部）

例 믿는 도끼에 발등을 찍힌다．

被信任之斧刺傷了腳背。

- 比喻「被信任之人背叛」。

발걸음 名 ▶ 步伐

[bal-kkeo-reum]　　발＋걸음（走）

例 해가 저물자 조급한 마음에 발걸음을 재촉했다．

日漸西沉，我心急地加快了腳步。

- 걸음有「走路」的意思。「게（螃蟹）＋걸음（走路）」組成的게걸음就代表橫著走的「蟹步、橫步」。

語源備忘錄

「발＋○○」幾乎可以表示腳的所有部位。

【例】발바닥（腳掌）＝발＋바닥（地板）、발톱（腳趾甲）＝발＋톱（爪子）、발가락（腳趾）＝발＋가락（細的東西）

입 [ip] 口

用來表示「嘴、話語、味道」等相關意思。若是「出口」、「入口」等表示場地的「口」則是用구，如출구（出口）。

입맞춤 名 ▶ 親嘴
[im-mat-chum]　　　입＋맞춤（合、碰）

例 첫사랑의 입맞춤은 잊을 수 없다.

初戀的吻是難忘的。

嘴 和 嘴 合 在一起 親親
입　　　맞춤

입맛 图 ▶ 食慾

[im-mat]   입＋맛（味）

例 더위를 먹어서 입맛이 없다 .

我中暑了，食慾全無。

- 더위를 먹다直翻是「吃掉暑氣」，衍生為「中暑、出現夏天疲勞症候群」的意思。

입가심 图 ▶ 換口味、漱口

[ip-kka-sim]   입＋가시다（沖洗）

例 입가심으로 이 과자를 드세요 .

換個口味，吃點甜點吧。

- 입가심除了代表飯後「換換口味」，也能比喻為「這種程度的工作有如漱口」，意指做更重要的事之前就能簡單解決的工作。

한입 图 ▶ 一口、一點

[han-nip]   한（單個的）＋입

例 한입만 주세요 .

請給我一口就好。

- 한입是食物的「一口」，飲料的「一口」則是한 모금。

語源備忘錄

입除了指具體的身體部位，也能表示抽象的「口」。

【例】입을 다물다（閉嘴→沉默）
　　　입이 가볍다（嘴輕→口風不緊、大嘴巴）
　　　입을 덜다（人口減少→伙食費減少、家人變少）
　　　입만 아프다（只有嘴巴痛→多說無益）
　　　입이 늘었다（人口增加→家人增加）

내기 [nae-gi] 誕生、養育

接在表示地名或場所的單字後面時，有「～出身、～出生」的意思，也有「這種程度的人」的意思。

새내기 图 ▶ 新生、新人
[sae-nae-gi] 　　새（新的）＋내기

例 조카는 올해 초등학교 새내기가 됐다.

　　侄子今年就是小學一年級生了。

背上背著蔥的 新 生
새 내기

※日文的「蔥」發音近似내기。

시골내기 图 ► 在農村長大

[si-gol-lae-gi]   시골（鄉下）＋내기

例 어렸을 때 시골내기라고 놀림을 받았었다 .

被嘲笑小時候是在農村長大的。

● 「鄉下人」叫做시골뜨기，或稱촌뜨기，有點貶抑的意思。

동갑내기 图 ► 同年

[dong-gam-nae-gi]   동갑（同甲＝同年）＋내기

例 〈동갑내기 과외하기〉

《同年級的課外教學》

● 此為權相佑主演之電影名稱，台灣譯名是《我的野蠻女教師》。

뜨내기 图 ► 流浪者、浪子

[tteu-nae-gi]   뜨다（漂浮、輕浮）＋내기

例 그 여관은 뜨내기손님보다 단골손님이 많았다 .

比起新客，這間旅館的熟客更多。

● 뜨내기손님은 지「剛好路過的人、新客」的意思。

相關語源專欄

表示人的個性、職業的各種語源

表示個人特質的語源，除了前述介紹的之外還有很多。

개：指「具有該特徵的人」。

　　　오줌싸개（尿褲子的小孩）＝오줌（小便）＋싸다
　　　（做～）＋개

　　　코흘리개（鼻涕蟲）＝코（鼻）＋흘리다（流）＋개

뱅이：對擁有該特質的人表示蔑視之意。

　　　가난뱅이（窮人）＝가난（貧窮的）＋뱅이

　　　주정뱅이（酒品差的人）＝주정（酒醉）＋뱅이

살이 [sa-ri] ~的日子、~的生活

從살다（居住、生活）衍生出來的語源，也表示「謀生、職業或身世」的意思。

타향살이 图 ▶ 生活他鄉

[ta-hyang-sa-ri]

타향（他鄉）＋살이

例 그 가수는 타향살이를 하면서 활동을 계속해 왔다.

那位歌手在他鄉生活，並持續他的演藝活動。

在 他鄉生活
타향 살이

※也有서울살이（首爾生活）的説法。對於首都以外的地方出身的人們來説，在首爾生活很是辛苦，也因此才會出現這個説法。

살림살이 名 ▶ 生活、生計

[sal-lim-sa-ri]

살림（家庭、生計）＋살이

例 요즘은 살림살이가 곤궁하다 .

最近家計困難。

● 살림泛指與生活有關的一切，代表這個世代的「生活方式」。

시집살이 名 ▶ 婚後生活

[si-jip-ssa-ri]

시집（夫家）＋살이

例 시누이 시집살이가 더 무섭다 .

有小姑在的婚後生活更是辛苦。

피난살이 名 ▶ 避難生活

[pi-nan-sa-ri]

피난（避難）＋살이

例 피난살이를 한 지 벌써 5 년이 지났다 .

避難生活已過了五年。

고용살이 名 ▶ 僱傭生活

[go-yong-sa-ri]

고용（僱傭）＋살이

例 몇 년 동안은 고용살이로 남의 밭을 갈았다 .

被人僱來幫忙耕田好幾年。

시 [si] 夫家的、丈夫的

從妻子的角度來看指的是「夫家」。至於丈夫,則是稱妻子的家族為장(丈)或처(妻)。

시부모 名 ▶ 公婆
[si-bu-mo] 　　　　시＋부모(父母)

例 시부모 밑에서 고된 시집살이를 한다.

在公婆家過著辛苦的婚後生活。

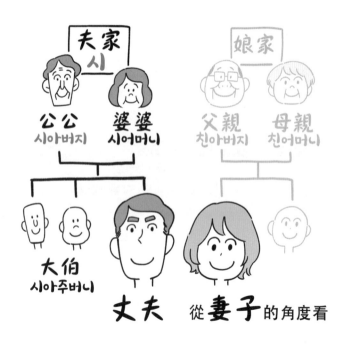

夫家 시

公公 시아버지　婆婆 시어머니

娘家

父親 친아버지　母親 친어머니

大伯 시아주버니

丈夫　從妻子的角度看

시집 图 ▶ 婆家、夫家

[si-jip]　　　시＋집（家）

例 〈도시 처녀 시집 와요〉

〈都市女孩嫁過來〉

- 在北韓紅極一時的歌曲名稱，之後被翻拍成電影。시댁是對「夫家」的尊稱，댁指「住家」。「시집＋가다（去）」組成的시집가다就是「出嫁」的意思。

시아버지 图 ▶ 公公

[si-a-beo-ji]　　시＋아버지（父親）

例 시아버지에게 받은 은혜가 크다 .

公公給了我很大的恩惠。

- 「婆婆」稱為시어머니。

시누이 图 ▶ 丈夫的姐妹

[si-nu-i]　　　시＋누이（姐、妹）

例 옆에서 말리는 시누이가 더 얄밉다 .

在（婆婆）旁安撫的小姑更可惡。

- 丈夫的兄弟稱為시아주버니（大伯）、시동생（小叔）。

相關語源專欄

表示男性的語源한（漢）

한（漢）通常表示「擁有某特質的男性」，例如：무뢰한（無賴、惡棍）、파렴치한（無恥之徒）、문외한（門外漢）等。容易和韓文中表示「～的」的한混淆，例如문외한不是指「門外的」，而是指「門外漢」，兩者發音相同。

외 ① [oe] 娘家的、外面的

小孩稱呼母親家族的人時使用，외在漢字中表示「外」，例如외할머니（外婆）、외할아버지（外公），稱呼母親那邊的親戚會加上외。也有表示「外面」的意思。

외가 图 ▶ 母親的老家
[oe-ga] 　　　 외＋가（家）

例 어릴 때 외가에서 외할머니와 같이 살았다.

年幼時期，我在母親的老家與祖母一起生活。

● 順帶一提，母親稱自己家的家人會加上친，並稱「老家」為
친정집（參照 P.61）。

這是
外公外婆家！
외가

語源備忘錄

推測是因為韓國在父系社會下，認為母親那邊的家庭並非「本來的」家庭，才有「外」這樣的說法。如同華人社會也有「外公、外婆」，是類似的說法。

외삼촌 图 ▶ 舅舅

[oe-sam-chon]　　　　외＋삼촌（叔）

例 외삼촌이 생일선물로 책을 주셨다 .

舅舅送書當作我的生日禮物。

- 小孩對母親的兄弟的稱呼。孩子的母親則稱呼自己的兄弟為 오빠（哥哥）、남동생（弟弟）。

외출 图 ▶ 外出

[oe-chul]　　　　외＋출（出）

例 지금은 외출중이오니 삐소리가 나면 말씀하십시오 .

因為目前外出（無法接聽電話），請在嗶聲後留言。

- 常在語音信箱聽到的訊息。

외모 图 ▶ 外表

[oe-mo]　　　　외＋모（容貌）

例 그녀는 외모뿐만 아니라 마음도 비단결이다 .

她不僅長得漂亮，心地也如絲綢般美麗。

- 絲綢的質地滑順又漂亮，因此也被拿來比喻美麗的事物。

외투 图 ▶ 外套、大衣

[oe-tu]　　　　외＋투（套）

例 그 형사는 후줄근한 외투를 입고 나타났다 .

那位刑警穿著皺巴巴的大衣現身了。

- 有時會講코트，但韓國人一般稱冬天穿的大衣為바바리，源自於知名品牌 Burberry。

친 [chin] 親密的

漢字寫成「親」。有著「透過血緣關係連結」的意思，
也是妻子用來稱呼自己家人的用詞，形容詞친하다的語
源也來自於此。就算是母親那邊的親戚，孩子在稱呼他
們時也會在前面加上외（外）（參照 P.58）。

친아버지 名 ▶ 妻子稱呼自己父親、親生父親
[chi-na-beo-ji]　　　　친＋아버지（父親）

例 양부는 친아버지처럼 예뻐해 주셨다.

養父就像親生父親一樣地疼愛我。

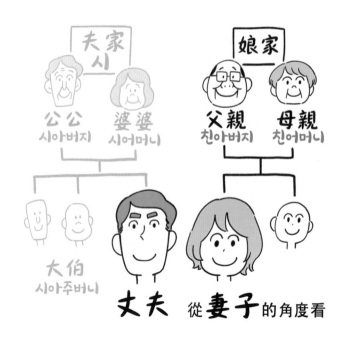

친부모 图 ▶ 妻子稱呼自己的雙親、親生父母

[chin-bu-mo]　　친＋부모（雙親）

例 입양된 자녀가 친부모를 찾으러 한국에 왔다 .

被領養的孩子為了尋找親生父母而來到韓國。

- 曾有段時期，歐美國家收養了許多因韓戰而失去雙親的孩子。
  另外，妻子稱呼自己的雙親，也可稱為친정 부모。

친정 图 ▶ 已婚女性的老家、娘家

[chin-jeong]　　친＋정（庭）

例 출산 때문에 친정집에 잠시 머물고 있어요 .

為了生產，暫時回了趟娘家。

- 也可說成친정집，稱呼對方老家時敬稱為친정댁。

친동생 图 ▶ 妻子稱呼自己的弟妹

[chin-dong-saeng]　　친＋동생（弟妹）

例 그 학생을 친동생처럼 여겼다 .

那個學生感覺很像我弟／我妹。

- 「親」有「真的、親生的」之意。

語源備忘錄

使用친的單字還有친구（朋友），漢字為「親舊」，應是代表有如家人般「親密」的意思。此外，固有詞中的벗也有「同年齡且互動親暱之人」的意思。

表示各種職業的語源一覽

사（師、士）—主要使用於需要資格認證的職業。

【例】변호사（辯護師，即律師）、회계사（會計師）、간호사（看護士，即護理師）、교사（教師）

관（官）、원（員）—指在公家機關工作的人。

【例】경찰관（警察官，即警官）、소방관（消防官，即消防員）、역무원（站務人員、站務員，發音為 [영무원]）、안내원（案內員，即導覽員）

가（家）—指專門從事或研究某項專業領域，該專業接在가前面。

【例】예술가（藝術家）、정치가（政治家）、감정가（鑑定家）

　　＊대가（大家，指在某領域集大成之人）

가有「臨時的」的意思，這種時候大多會擺在前綴，例如가면허（臨時駕照）、가결정（臨時決定）等。

자（者）—與漢字的「者」相同，表示擁有該特質，或從事該職業的人。

【例】학자（學者）、과학자（科學家）、기술자（技術者，指技師）、근로자（勞動者）

像是당사자（當事者）、일인자（一人者，指單身）、배우자（配偶者，指已婚者）、시청자（視聽者，指觀眾）這類非職業的單字也會使用。

第 **2** 章

옷장
衣櫃裡面
跑出
一位大叔

「東西、事物」的語源

- 從「物」衍生（衍生自「物」）
- 和「東西、事物」有關

가 [ga] 邊

意指「緣、邊、端」等，具有寬度的東西的末端處。

길가 [名] ▶ 路邊
[gil-kka] 　　길（路）＋가

[例] 길가에 차를 세워둔다 .

把車停在路邊。

바닷가 图 ► 海邊、海濱

[ba-dat-kka]　　바다（海）＋ㅅ（的）＋가

例 바닷가에서 놀았어요.

在海邊玩耍。

- 指海水與地面接觸的邊界，再往前一點的話就是앞바다（前面的海，即近海）。

강가 图 ► 河邊

[gang-ga]　　강（江）＋가

例 어렸을 때 강가에서 물놀이를 했다.

小時候曾在河邊玩水。

- 在海中或河裡「游泳」叫做헤엄치다，此單字中的치다（拍打）具有「利用手腳在水中漂浮或游泳」之意。漢字詞的수영하다（游泳），主要用於在泳池等地游泳的時候。

창가 图 ► 窗邊、靠窗

[chang-ga]　　창（窗）＋가

例 창가 자리에 앉고 싶은데요.

但我想坐在窗邊的位子。

相關語源專欄

用大小來區別천（川）與강（江）

- 천（川）是指水流量比강（江）小的河川。例如청계천（清溪川）、하천（河川）、천어（川魚，指河魚）＝민물고기（淡水魚，參照 P.165）。
- 강是指像한강（漢江）、압록강（鴨綠江）等水流量較多的江河。例如강변도로（江邊道路，指沿著漢江的幹線或道路）、강남（江南，指漢江南側，地價較高的地區）。

가지 [ga-ji] 種類

推測是從以前就有使用的갓（物）一詞變化而來，從갓이變成現在的가지。갓和現代使用的것（物）意思相同。

여러 가지 图 ▶ 各式各樣

[yeo-reo-ga-ji]　　　　여러（各式各樣的）＋가지

例 가지의 종류는 여러 가지 있습니다 .

有各式各樣的茄子。

● 여러 가지直翻就是「各式各樣的種類」，簡化為「各式各樣」。

有好多種茄子
여러　가지

有各式各樣的耶……

마찬가지 图 ▶ 同樣、相同

[ma-chan-ga-ji]

마치（宛如、簡直）＋한（單個）＋가지

例 50 점이나 60 점이나 마찬가지다 .

不論是 50 分還是 60 分都一樣。

갖가지 图 ▶ 各式、各種

[gat-kka-ji]

「가지→갖」＋가지

例 갖가지 화장품을 갖췄다 .

備齊了各種化妝品。

- 갖가지為가지가지的縮寫，也有「全部」的意思。

가지각색 图 ▶ 形形色色、各色各樣

[ga-ji-gak-ssaek]

가지＋각색（各色）

例 사람들이 이사 온 이유는 가지각색이다 .

人們搬來這裡的理由形形色色。

語源備忘錄

가지也有「枝」的意思，用法如「나뭇가지（樹枝）＝나무（樹）＋ㅅ（的）＋가지（枝）」。

【例】나뭇가지처럼 생긴 초콜릿 .（形狀像是小樹枝的巧克力。）

거리 ① [geo-ri] 道路、街道

並非純指朝著單一方向延伸的路（길），而是指通達市區或鬧區等較寬廣的大道。此外，也有朝向該區域的「街道」之意。거르다（區分）、가리다（挑選）、갈림길（岔路、分歧點）等詞皆出自同源。

사거리 图 ▶ 十字路口

[sa-geo-ri]　　　사（四）＋거리

例 사거리에서 세워 주세요.

請停在十字路口。

- 因十字路口是由四條道路相接而成，因此用사（四）거리來表示，也有人說成네（四）거리。

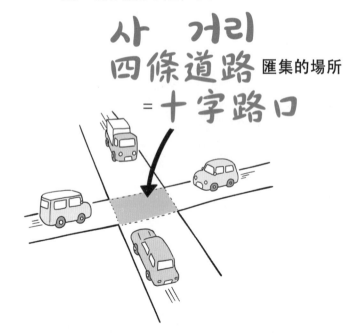

사　거리
四條道路 匯集的場所
＝十字路口

길거리 名 ▶ 路上

[gil-kkeo-ri]　　　길（路）＋거리

例 길거리에 고양이들만 가득하다 .

路上淨是貓咪。

삼거리 名 ▶ 三叉路

[sam-geo-ri]　　　삼（三）＋거리

例 저 삼거리에서 왼쪽으로 도세요 .

麻煩在那個三叉路口左轉。

● 三條道路交叉的地方，即「三叉路」的意思。

오거리 名 ▶ 五叉路

[o-geo-ri]　　　오（五）＋거리

例 목동 오거리까지 가 주세요 .

麻煩到木洞五叉路口。

● 五條道路交叉的地方，即「五叉路」的意思。

거리거리 名 ▶ 大街小巷、市內

[geo-ri-geo-ri]　　　거리（道路）＋거리

例 거리거리를 자유로이 돌아다닌다 .

在市內自由自在地到處走。

語源備忘錄

以前韓國用「동」（洞）做為市區劃分的單位（規模近似於日本的「町」），不過最近開始仿效歐美，用街道做為地址標示的基準。於是거리和길也被當作類似「street」（街道）的感覺來使用。

거리 ② [geo-ri] 材料

接在名詞後，表示與該行為相符的材料，或對於進行某行為有充足的內涵。

이야깃거리 图 ▶ 話題、題材
[i-ya-git-kkeo-ri]
　　　　　　　　이야기（話）＋ㅅ（的）＋거리

例 재미있는 이야깃거리가 없을까？

沒有什麼有趣的話題嗎？

- 「話題」也有이야깃감的說法（參照 P.23）。此外，「論文主題」是논문거리。

이야깃 거리
講話的材料
＝話題

很多的人

볼거리 名 ▶ 看點

[bol-kkeo-ri]　　　　볼（看，보다的冠形型未來式）＋거리

例 역사가 오래된 마을은 볼거리가 많다 .

歷史悠久的村落中有很多景點。

- 同樣意思的單字還有구경거리（必看之物、觀光景點），即「구경（參觀）＋거리」。

반찬거리 名 ▶ 小菜

[ban-chan-geo-ri]　　　반찬（小菜）＋거리

例 냉장고에 반찬거리가 별로 없다 .

冰箱裡的小菜快沒了。

옷거리 名 ▶ 穿衣風格、穿搭

[ot-kkeo-ri]　　　　옷（衣服）＋거리

例 역시 너는 옷거리가 좋으니까 뭐든지 잘 어울린다 .

你果然很會穿搭，穿什麼都很適合。

- 本來「穿搭」的意思較接近例句的옷거리，但옷걸이（衣架）也常被用來當作「穿搭」的意思。

語源備忘錄

거리原本的發音為 [geo-ri]，但如果거리前面接的單字最後一個字沒有終聲的話，會加上一個終聲「ㅅ」（的），在此情況下，거리會變成硬音 [kkeo-ri]，例如이야기＋거리就變成이야깃거리（題材）。這個添加的ㅅ叫做「사이시옷」（中間的ㅅ）。

빛 [bit] 光、表情、氣氛

除了表示物體在吸收或反射時所釋放出來的色澤或光線，也有「色彩」的意思。此外，也表示表情、眼睛和全身所散發出來的「氣質」或「態度」。甚至像是「恐怖的빛（氛圍）」這類，可以表示感覺到莫名的氣氛。除了顏色之外，也能用來表示人的態度或現場氣氛。비치다和비추이다（映照）與비추다（照射）在語源上有關聯性。

얼굴빛 图 ▶ 臉色
[eol-kkul-ppit] 　　얼굴（臉蛋）＋빛

例 얼굴빛이 밝지 않다 .

臉色暗沉。

● 臉色「暗沉」也就是臉色「不好」的意思。

얼굴 빛
臉的 光
就是 臉色

불빛 图 ▶ 火焰、亮光

[bul-ppit]　　불（火）＋빛

例 가마 안은 더욱 달궈져 불빛이 파래졌다 .

調高爐子裡的溫度後，火焰變成藍色的了。

눈빛 图 ▶ 眼神

[nun-ppit]　　눈（眼）＋빛

例 눈빛이 달라졌다 .

眼神變了。

햇빛 图 ▶ 太陽光

[haet-ppit]　　해（太陽）＋ㅅ（的）＋빛

例 햇빛이 눈부시다 .

陽光好刺眼。

쪽빛 图 ▶ 藍色

[jjok-ppit]　　쪽（藍）＋빛

例 쪽빛 바다가 말갛게 뻗어 있다 .

藍色的大海清澈又遼闊。

수 [su] 數、數量

同漢字的「數」。有很多與수同音異義的詞,例如「水」、「受」、「收」、「修」、「秀」、「樹」等,請務必注意。

홀수 图 ▶ 奇數

[hol-ssu]　홀(單一的、不成對的)+수

例 조의금은 홀수로 맞춰야 한다는 관례가 있다.

白包金額有一定要包奇數的慣例。

我是霍魯斯　　我是查克斯

홀수　　짝수

我們在一起就是 **數字** 兄弟!

숫자

짝수 图 ▶ 偶數

[jjak-ssu]

짝（一對的、成對的）＋수

例 이 승강기는 짝수 층에 섭니다 .

這台電梯只停偶數樓層。

● 電梯是승강기（升降機）。

수없이 副 ▶ 多數、數不清

[su-eop-si]

수＋없이（無）

例 그들을 신봉하는 젊은이는 수없이 많다 .

信奉他們的年輕人多到數不清。

수년 간 图 ▶ 好幾年

[su-nyeon gan]

수＋년 간（年間）

例 수년 간에 걸쳐 방송된 인어 전설의 드라마 .

播了好幾年的人魚傳說電視劇。

語源備忘錄

수（數）有「手段、方法」的意思，也有「可能性、命運」之意。

【例】한 수 위다（技高一籌）、할 수 없다（沒辦法、束手無策）、수（가）나다（時來運轉、風水輪流轉）、수（가）사납다（運氣不好，사납다有「凶猛、險峻」之意）

어 [eo] 魚

어的漢字是「魚」，代表魚類的意思。比較麻煩的是，並不是所有魚類都會接어。而像是魷魚오징어（變化自烏賊魚오즉어）也是接어。

붕어 名 ▶ 鯽魚
[bung-eo]　　　붕（鯽）＋어

例 저 모자는 붕어빵이다 .

那對母子就像鯽魚麵包。（即一個模子刻出來的。）

● 韓國的「鯽魚麵包」是一種類似鯛魚燒的食物，常用來比喻「外表或行為相像的人」。順帶一提，鯛魚的韓文為도미。

붕어
來買 鯽魚 麵包
像是一個模子
　　刻出來的父子

相關語源專欄

能表示魚的詞語還有치

推測源自於古語的依存名詞（不完全名詞）치。

【例】멸치（鯷魚）、꽁치（秋刀魚）、참치（鮪魚）、갈치（白帶魚，갈치和刀的칼有關）

금붕어 图 ▶ 金魚

[geum-bung-eo]　　금（金）＋붕어

例 어항에 금붕어 놀 듯 .

魚缸裡好像有金魚在游泳。

- 韓國諺語，比喻「男女相處融洽，互相開玩笑的樣子」。

장어 图 ▶ 鰻魚

[jang-eo]　　장（長）＋어

例 이 가게는 장어구이로 유명해요 .

這間店的蒲燒鰻魚很有名。

오징어 图 ▶ 魷魚

[o-jing-eo]　　「오즉（烏賊）→오징」＋어

例 오징어 다리가 몇 개인지 아시겠어요 ?

你知道魷魚有幾隻腳嗎？

- 據說一開始念作오즉어，後因오즉的終聲ㄱ被後面的어同化，
  而母音也從ㅡ變成ㅣ，才演變成現在的오징어。

相關語源專欄

烤肉（불고기）有「火肉」的意思

고기有「（動物的）肉」的意思，例如불고기（烤肉）是「불（火）＋고기」，닭고기（雞肉）是「닭（雞）＋고기」。「물（水）＋고기」則是指「魚」，不過고기本身就能代表魚的意思。

【例】고기잡이（漁夫）＝「고기（魚）＋잡이（捕捉的人）」（參照 P.29）

장 [jang] 收納家具

代表「抽屜、櫥櫃、倉庫」等意思的漢字詞，表示「能
用來收納的空間」之意。

옷장 图 ▶ 衣櫥、衣櫃
[ot-jjang]　　옷（衣服）＋장

例 옷장 안에서 삼촌이 나타났다.

衣櫥裡出現了一位大叔。

● 可以吊掛或收納西裝、洋裝的衣櫃也叫做옷장。

옷장
衣櫃 裡面
跑出一位大叔

책장 名 ▶ 書架

[chaek-jjang]　　책（書）＋장

例 책장을 활용해서 멋진 분위기를 연출한다 .

活用書架打造出舒適的氛圍。

- 책的漢字是「冊」，原指束在一起的紙。順帶一提，筆記本為「공（空）＋책＝공책」，書桌則是「책＋상（桌子）＝책상」。

이불장 名 ▶ 收被箱／袋／間

[i-bul-jjang]　　이불（棉被）＋장

例 베개는 이불장 안에 있잖아 .

枕頭不就在收被箱裡嗎？

- 指收納棉被的家具或空間。

찬장 名 ▶ 碗櫥

[chan-jjang]　　찬（饌＝菜餚）＋장

例 꺼내놓은 그릇이 찬장 속으로 잘 안 들어간다 .

拿出來的餐具沒有好好放回碗櫥裡。

- 櫃子、儲藏室也叫做찬장。使用찬是因為以前會把吃剩的菜也收在碗櫥裡。

語源備忘錄

在韓國的標準住宅中並沒有像日本一樣的「壁櫥」，硬要說的話可表示成벽（牆壁）장、붙박이（固定的）장等。在韓國，通常是有一整面牆的衣櫥組（장롱），這是嫁妝的一部分，過去崇尚做工細緻、華麗又昂貴的衣櫥組，常會在韓國的家庭電視劇裡看到。

줄 [jul] 線、列、脈絡

表示細繩、繩子、繩索、纜繩等細長的條狀物體。除了物品之外，也會用於表示血脈、派系，或表示社交生活中的關係、緣分。

핏줄 图 ▶ 血管、血脈
[pit-jjul]
피（血）＋ㅅ（的）＋줄

例 핏줄이 다른 형제가 더 있어.

還有一個沒有血緣關係的兄弟。

血的線就是

핏줄

血管

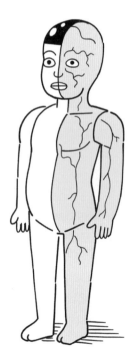

밑줄 名 ▶ 底線

[mit-jjul]　　밑（下面的）＋줄

例 밑줄 친 부분을 번역해 주세요.

請翻譯畫底線的部分。

연줄 名 ▶ 關係

[yeon-jjul]　　연（緣分）＋줄

例 동창 연줄로 취직했다.

靠同學的關係找到工作。

- 줄을 타다直翻就是「搭繩子」，比喻「去認識有權、有力的人，並借用他的力量」。연줄泛指社會上有利可圖的一面。

줄무늬 名 ▶ 條紋

[jul-mu-ni]　　줄＋무늬（模樣）

例 빨간 줄무늬 T셔츠를 입은 젊은이를 찾아라.

去找穿著紅色條紋 T 恤的年輕人。

語源備忘錄

줄有「持續不斷」之意，也有「收縮」（줄다）之意。

【例】줄담배（老菸槍）＝줄＋담배（菸）

　　　줄대다（連續）＝줄＋대다（重複）

　　　줄거리（大綱）＝줄＋거리（素材）

　　　줄잡다（低估）＝줄＋잡다（抓住）

판 [pan] 場地、場面

在固有詞中表示「廣場」，為事件或行為發生的場所，或指該場面本身，相同意思的還有터（場所）。

싸움판 图 ▶ 戰場、打架（的場地）
[ssa-um-pan]　　싸움（打架）＋판

例 지구는 이제 인류와 바이러스의 싸움판이 되고 말았다.

　　地球現在已淪為人類和病毒的戰場。

打架的場地
싸움 판

這個是「麵包」。

可用日語的麵包發音 [pan] 來記憶！

語源備忘錄

漢字詞中的「版」雖然和日文的「麵包」為同音異義，但語源並不相同，須留意。

【例】개정판（改訂版）

　　　증보판（增補版，指增修版）

노름판 图 ▶ 賭場

[no-reum-pan]　　놀음（玩樂）＋판

例 노름판에서 개평을 얻었다 .

向在賭場贏錢的人敲竹槓。

● 개평指的是向賭博贏錢的人敲竹槓。

판（을）치다 動 ▶ 蔓延、叢生

[pan-eul chi-da]　　판＋치다（拍打）

例 음해성 루머가 판을 친다 .

攻擊別人的傳聞在各地流傳開來。

● 판（을）치다指在一群人當中最有勢力，也可譯為「猖獗、橫行、風靡一時」。음해성指「危險性」（發音近似「陰害性」），루머為英文的 rumor，即「傳聞」。

相關語源專欄

表示「街」的가

가是指具有某種特色的街道或地區。不過，跟「街」相關的漢字詞中有대학가（大學街），卻沒有학생가（學生街）的說法，只會用在特定的單字上。

상가：商街、商店街

【例】지하상가（地下商店街）

※ 상점가（商店街）的說法較少在日常會話中出現。

번화가：繁華街

【例】가부키초는 번화가로 유명하다 .（歌舞伎町是有名的繁華街。）

주택가：住宅街

【例】한정한 주택가（安靜的住宅區）

가락 [ga-rak] **細長的東西**

表示形狀細長的東西。가락（카락）源自於가르다（區分）的갈 加上악，相關單字還有숟가락（湯匙）等。

손가락 名 ▶ 手指

[son-kka-rak]　　　　손（手）＋가락

例 열 손가락 깨물어서 안 아픈 손가락이 없다.

十根指頭咬下去，沒有一根不痛的。

● 比喻母親疼愛自己每一個小孩。

手 上細細的 **棒狀物** ＝ 手指
손　　　　　　가락

머리카락 名 ▶ 頭髮

[meo-ri-ka-rak]

머리（頭）＋카락（가락）

例 젖은 머리카락처럼 얽혀서 잘 떨어지지 않는다 .

像是溼漉漉的頭髮纏在一塊解不開。

- 比喻被人老珠黃的妻子糾纏不清的丈夫。가락雖被視為카락，
  但尚不清楚其中的緣由。

발가락 名 ▶ 腳趾

[bal-kka-rak]

발（腳）＋가락

例 자고 일어났더니 발가락이 붓고 아프다 .

起床一看發現腳趾又腫又痛。

가락국수 名 ▶ （手打粗條）烏龍麵

[ga-rak-kkuk-ssu]

가락＋국수（麵）

例 멸치로 맛을 우려낸 가락국수를 선보였다 .

新推出了鯷魚高湯烏龍麵。

- 「熬高湯」叫做맛을 우려내다。

語源備忘錄

表示捻線或細線的가닥（原本為갇악）和가락（原本為
갇악）是同一個語源，也有人認為是從ㄷ變成ㄹ而來。

개 [gae] 物品、道具

指做該行為時使用的道具，有「用來～的東西」之意。
不過在少數情況下，也有像是아무개（某人）這種與人
有關的意思，須特別注意。

병따개 图 ▶ 開瓶器

[byeong-tta-gae]　　병（瓶）＋따다（拿取、打開）＋개

例 병따개 갖다 주세요．

麻煩拿開瓶器過來。

병 따 개
把瓶子打開的東西
就是開瓶器

語源備忘錄

개的同音異義，源自於「犬」

在개（原野）盛開的나리（百合）為개나리（野百合、
迎春花），據說這個개源自於「犬」一詞。只要개接在
前綴，通常代表「野生的、惡質的、浪費的、假的、過
分的」等意思。

【例】개망신（丟人現眼）＝개＋망신（丟臉）

개수작（荒謬的言行）＝개＋수작（喝酒聊天）

개소리（胡說八道）＝개＋소리（聲音）

개꿈（無聊的夢）＝개＋꿈（夢）

지우개 名 ► 橡皮擦

[ji-u-gae]　　　지우다（消除）＋개

例 〈내 머리 속의 지우개〉

《腦海中的橡皮擦》

● 韓國電影名稱。由電視劇《愛的迫降》女主角孫藝真所出演。本片描述年輕型失智症的妻子與陪伴她的丈夫之間的愛情故事，十分受到觀眾喜愛。

베개 名 ► 枕頭

[be-gae]　　　베다（枕、躺）＋개

例 내 몸에 맞는 베개를 고르세요.

請選擇適合自己身體的枕頭。

날개 名 ► 翅膀

[nal-gae]　　　날다（飛）＋개

例 옷이 날개다.

衣服猶如翅膀。

● 意指「人靠衣裝」。

뒤집개 名 ► 鍋鏟

[dwi-jip-kkae]　　뒤집다（翻面）＋개

例 뒤집개는 요리할 때 음식을 뒤집는 조리기구다.

鍋鏟是指煮飯時將食物翻面用的料理用具。

걸이 [geo-ri] 掛、掛物

在걸다（掛）的語幹걸加上이的型態，此為名詞，表示掛在物品或身體上的物品、器具。

귀걸이 名 ▶ 耳環

[gwi-geo-ri]　　　　귀（耳）＋걸이

例 진주 귀걸이는 왠지 안 어울려요 .

莫名地不太適合珍珠耳環。

樵夫的 耳環
귀 걸이

목걸이 图 ▶ 項鍊

[mok-kkeo-ri]　　　목（脖子）＋걸이

例 돼지 목에 진주 목걸이 .

在豬的脖子上掛珍珠項鍊。

● 韓國諺語，意指「對牛彈琴」。

옷걸이 图 ▶ 衣架

[ot-kkeo-ri]　　　옷（衣服）＋걸이

例 옷걸이가 좋으니까 멋있다 .

衣架子般的身材，穿什麼都好看。

● 表示「身材好」的片語。옷걸이也有「本人很帥氣」的意思。
正確的念法和옷거리（穿著）一樣，也是因為發音相同才衍
生出這樣的意思。

모자걸이 图 ▶ 衣帽架

[mo-ja-geo-ri]　　　모자（帽子）＋걸이

例 모자걸이가 모자라잖아 .

衣帽架不夠掛了啦。

相關語源專欄

另一個「工具」

和걸이（穿戴物）類似用法的語源還有꽂이（插入
物），是在꽂다（插）的語幹接上이的型態。

【例】꽃꽂이（插花）＝꽃（花）＋꽂이
　　　책꽂이（書架）＝책（書）＋꽂이
　　　우산꽂이（傘架）＝우산（傘）＋꽂이

권 [gwon] 圈

指被該特質、勢力和影響所及的地區，例如首都圈、大氣層等，與具體的空間範圍相關，但在韓文中也常被用於抽象的範圍。

역세권 图 ▶ 交通便利的區域
[yeok-sse-kkwon]　역（車站）＋세（勢）＋권

例 이 아파트는 역세권이라 인기가 있다.

這棟大樓只要走路就能到車站，所以很受歡迎。

- 漢字為「驛勢圈」，指臨近火車站、地鐵站周圍的區域，包含可以使用公車、腳踏車轉乘到的範圍，常用於不動產業。

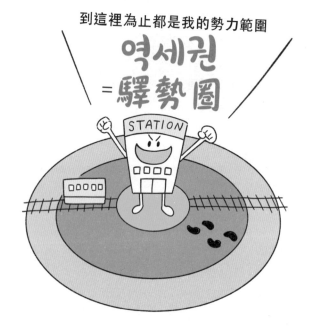

到這裡為止都是我的勢力範圍
역세권 = 驛勢圈

운동권 图 ▶ 社運人士（的集會）

[un-dong-kkwon] 　　　운동（運動）＋권

例 그 후보는 운동권 출신이다 .

那位候選人是社運人士出身。

- 漢字為「運動圈」，指以政治、社會改革為目標，進行集會
  活動的社運家、勞工、學生等族群的勢力範圍。

당선권 图 ▶ 當選圈內（當選名單上）

[dang-seon-kkwon] 　　당선（當選）＋권

例 야당 후보 10 명이 당선권이다 .

在野黨有十名候選人當選。

- 指名列當選名單上的意思。

정치권 图 ▶ 政界

[jeong-chi-kkwon] 　　정치（政治）＋권

例 그는 시민운동하다가 정치권으로 왔다 .

他在經歷過公民運動之後步入政壇。

- 指從政人士活動的領域。

발 [bal] 效果、力量

接在名詞後面有「～效果、～力」的意思，也有「在實物上施力後塑造成更好的外貌」的意思，通常不會用來稱讚他人。

화장발 图 ▶ 化妝的效果、力量
[hwa-jang-ppal]　　화장（化妝）＋발

例 화장발 잘 받는 얼굴.

適合化妝的臉蛋。

- 也有「適合化妝」的意思，此外也由「化妝後比素顏好看」之意衍生為「濃妝」的意思。

這就是 化妝 的 화장

（力量）Power 발

조명발 图 ▶ 照明效果、照明的力量

[jo-myeong-ppal]　　조명（照明）＋발

例 조명발 때문에 실내가 멋져 보인다 .

在照明效果之下，室內看起來很漂亮。

약발 图 ▶ 藥效

[yak-ppal]　　약（藥）＋발

例 약발이 좋아서 다 나았어요 .

藥很有效，讓我完全康復了。

사진발 图 ▶ 照片上的樣子

[sa-jin-ppal]　　사진（照片）＋발

例 그녀는 사진발이 좋다 .

她很上相。

● 有時候隱含了「本人不好看」的意思，須特別注意。此外，
形容一個人穿西裝的樣子很好看，稱為옷발。

끗발 图 ▶ 賭運好

[kkeut-ppal]　　끗（賭博中贏得的分數）＋발

例 첫 끗발이야 .

初學者的運氣。（即新手運。）

● 直翻為「第一次玩的人，在賭博中贏得好分數的力量」。又
有「權勢」的意思。

語源備忘錄

其他還有운발（運氣的力量）、성형발（整形的力量）
等說法。

별 [byeol] **特別的、奇怪的**

同漢字的「別」，有「與眾不同、特別的」或「奇怪的、變化的、不太行的」等意思，時常與否定表現一起使用。

별말 图 ▶ 值得一提的事、特別的話
[byeol-mal]　별＋말（話語）

例 **별말 다 한다.**

說了不像話的事。

● 從「值得一提的話、特別的話」衍生為「不像話」的意思。

你就像那顆 별 一樣

別這麼說⋯⋯
별말을⋯⋯

星星是 별

別 也是 별

별다르다 彨 ▶ 與眾不同、特別的

[byeol-da-reu-da]   별＋다르다（不同）

例 별다른 이유는 없다 .

沒有特別的理由。

별나다 彨 ▶ 怪異的、奇怪的

[byeol-la-da]   별＋나다（出來）

例 별난 이름 .

奇怪的名字。

별걱정 名 ▶ 多餘的擔心、煩惱

[byeol-geok-jjeong]   별＋걱정（擔心）

例 별걱정 다 하고 있네 .

真是杞人憂天啊。

語源備忘錄

별最常被使用在별말씀，表示「不像話的話、不敢當的話」，即「별＋말씀（話語，말的敬語）」。별말씀 다 하십니다 .（不敢當、您太客氣了），是被長輩或上司稱讚時常用的謙讓語，也能縮寫成별말씀을요 .。

사 [sa] **事**

同漢字的「事」，有「事情、和～有關的事」的意思。

관심사 图 ▶ 有興趣的事

[gwan-sim-sa]　　관심（關心，即感興趣）＋사

例 요즘의 관심사가 뭐야？

最近有對什麼感興趣嗎？

● 閒聊時常用的慣用語。

세상사 图 ▶ 世間事、俗事
[se-sang-sa]   세상（世上）＋사

例 한 치 앞을 모르는 게 세상사이다 .

前途莫測才是人世間啊。

인간사 图 ▶ 人事、生活中經歷之事
[in-gan-sa]   인간（人間）＋사

例 참말로 뜻대로 되지 않는 게 인간사로군 .

沒辦法如願以償才是人生吧。

다반사 图 ▶ 家常便飯、常有的事
[da-ban-sa]   다반（飯菜）＋사

例 그는 길에서 지갑을 흘리는 게 일상 다방사였다 .

他掉錢包只是家常便飯。

語源備忘錄

사건（事件）念作 [sa-kkeon]、조건（條件）念作 [jo-kkeon]、요건（要件）念作 [yo-kkeon]，건（件）要發硬音。不過，물건（物件）念作 [mul-geon]，不用發硬音，要特別注意。

이 ② [i] 東西、事物

이有「人」的意思，不過像是재떨이（菸灰缸）這樣接在動詞後面時，便是指做該行為時所使用的「東西」或「物品」。

먹이 名 ▶ 飼料

[meo-gi]　　먹다（吃）＋이

例 고양이에게 먹이를 준다.

給貓咪飼料。

먹이 ＝ 飼料

Mogi

Mogi~

재떨이 图 ▶ 菸灰缸

[jae-tteo-ri]　　　　재（灰）＋떨다（撢）＋이

例 사장님이 화를 내면 재떨이가 날아온다 .

社長一生氣就會亂丟菸灰缸。

우산꽂이 图 ▶ 傘架

[u-san-kko-ji]　　　　우산（傘）＋꽂다（插、立）＋이

例 우산꽂이에 우산을 놓고 들어오세요 .

請把傘放入傘架後再進來。

놀이 图 ▶ 玩樂

[no-ri]　　　　놀다（玩耍）＋이

例 우에노는 벚꽃놀이로 유명하다 .

上野的賞櫻很有名。

語源備忘錄

이除了表示人、事、物之外，有時也會出現在表示「動物」的單字裡。實際上用이做為結尾的動物單字還不少。例如「개굴（青蛙叫的狀聲詞）→개구＋이」就是개구리（青蛙），「원성（猿猩，類似猿猴或猩猩）→원숭＋이」就是원숭이（猴子），「호랑（虎狼）＋이」就是호랑이（老虎）。

但是像고양이（貓）則是「괴＋앙이（表示幼小的事物）」，강아지（小狗）則是「가（개）＋아지（年幼者）」的變化型。和이有關聯的動物語源十分地複雜。

일 [il] 工作、要做的事

表示「工作」或「事物」。接在動詞語幹後面，變成冠形型的未來式，有「應做～的工作、事情」的意思。例如「할（하다的冠形型未來式）＋일」組成的할일，意思是「應該做的事」。

집안일 名 ▶ 家事

[ji-ban-nil]　　　집（家）＋안（中）＋일

例 집안일은 해도 해도 끝이 없다.

家事怎麼做都做不完。

집안　일
家內的工作……

就是 家事

볼일 图 ▶ 要事

[bol-lil]　　　볼（看，보다的冠形型未來式）＋일

例 볼일 보고 갈게요 .

我辦完事後過去哦。

- 일을 보다除了表示「辦事」，也有「排泄、上廁所」的意思。

별일 图 ▶ 了不起的事

[byeol-lil]　　　별（特別的）＋일

例 별일이 아니다 .

不是什麼了不起的事。

- 별일通常會和否定形一起使用。

일꾼 图 ▶ 能手、人才

[il-kkun]　　　일＋꾼（人）

例 얼른 자라서 새 나라 일꾼이 되보렵니다 .

我想要趕快長大，成為新國家的棟梁。

- 這裡的꾼，有對一個人的能力、才能表示青睞之意。順帶一提，「일＋손（手）」即代表「人手」的意思。

相關語源專欄

表示「事情、東西」的것的用法

除了일之外，것也有「事情、東西」的意思。透過「動詞＋는 것」的形式，就可以表示「做的事情」及該行為，幾乎可以用在所有動詞上。

此外，「動詞＋기」也可以使動詞變成名詞，不過並不適用於所有單字。

질 [jil] 行動、目的

表示「重複的動作或行動」，對特定職業或角色有輕蔑之意時也會使用。常用來表示沒價值的行動或不好的行為，例如도둑질（偷盜）、낚시질（釣魚）、장난질（惡作劇）等。和道具或職業相關時，也有輕視的語意。

이간질 名 ▶ 挑撥離間

[i-gan-jil]　　　　이간（挑撥離間）＋질

例 자매 사이에 이간질을 했다 .

在姐妹倆之間挑撥離間。

挑撥離間 = 이간질

A女　　離間 이간　　B女

語源備忘錄

在對話中常說的삽질是指「用鏟子」的意思，不過在軍隊中多指進行土木工程，做為訓練的一環，後來衍生為「做沒意義的事」。

딸꾹질 名 ▶ 打嗝

[ttal-kkuk-jjil]　　딸꾹（打嗝聲）＋질

例 뭘 훔쳐 먹었기에 딸꾹질을 그렇게 하니？

是偷吃了什麼，怎麼打嗝打成這樣？

걸레질 名 ▶ 擦地

[geol-le-jil]　　걸레（抹布）＋질

例 방바닥에 떨어진 눈물자국을 걸레질로 지웠다．

把滴落在房間地板上的淚痕用抹布擦掉。

- 除此之外，還有「다리미（熨斗）＋질」組成的다리미질（熨平，或稱다림질），「바늘（針，ㄹ脱落）＋질」組成的바느질（針線活）等單字。

부채질 名 ▶ 煽動、慫恿

[bu-chae-jil]　　부채（扇）＋질

例 정부의 정책은 지역감정을 부채질했다．

政府的政策進一步激發了地區情感。

- 直翻為「搧扇子的動作」，又有「挑釁、激發更進一步情感」的意思。

선생질 名 ▶ 老師的角色

[seon-saeng-jil]　　선생（老師）＋질

例 요즘에는 선생질을 하기 힘들다．

最近選擇當老師的人真是辛苦。

짓 ① [jit] **行動、舉止**

和질（參照 P.102）一樣具有輕微貶義，不太會用來形容好的行為舉止。

손짓 图 ▶ **揮動手的動作、手勢**
[son-jjit] 　손（手）＋짓

例 손짓 발짓으로 의사소통을 했다.

透過比手畫腳來溝通。

● 발짓是指「揮動腳的動作」，손짓 발짓則有「比手畫腳」的意思。

手的動作就是 手勢 손짓

바보짓 图 ▶ 傻事

[ba-bo-jit]　　　　바보（傻子）＋짓

例 그 사람은 그런 바보짓 할 사람이 아니다 .

他不是那種會做傻事的人。

날갯짓 图 ▶ 振翅

[nal-gaet-jjit]　　　　날개（羽毛）＋ㅅ（的）＋짓

例 새들의 날갯짓이 요란하다 .

小鳥拍翅膀的聲音好吵。

고갯짓 图 ▶ 點頭

[go-gaet-jjit]　　　　고개（首）＋ㅅ（的）＋짓

例 그는 내게 고갯짓으로 신호를 보냈다 .

他向我點點頭示意。

● 表示「頭往前後左右晃動的動作」。

語源備忘錄

짓若接在動詞前面，也有表示「亂做～」的意思（參照P.144）。

【例】짓누르다（無情鎮壓）＝짓＋누르다（按壓）

　　　짓밟다（踐踏）＝짓＋밟다（踩踏）

짜 [jja] 東西、者

짜為「東西、者」較口語的說法，偶爾也會用來貶低他人。通常會在一般的對話中使用，並非漢字詞。

가짜 名 ▶ 假貨
[ga-jja]

가（假）＋짜

例 가짜 뉴스

假新聞

假貨
가짜
不可以買！

※가짜的相反짜가也常被當作同樣的意思來使用，也能説成짝퉁。

진짜 图 ▶ 真正地、真的、真實

[jin-jja]　　　진（真）＋짜

例 진짜 진짜 사랑해 .

真的、真的很愛你。

● 진的漢字為「真」，也有「真實」的意思。

괴짜 图 ▶ 奇人、怪人

[goe-jja]　　　괴（怪）＋짜

例 괴짜 취급을 받았다 .

被當成怪人對待。

● 괴的漢字為「怪」。

사짜 图 ▶ 騙子

[sa-jja]　　　사（詐）＋짜

例 걔는 살짝 사짜 기질이 있다 .

他隱約有種騙子的感覺。

● 사짜是사기꾼（詐欺君，即騙子）的通俗説法，因為意思直白，經常使用。另外，在賭場中善於欺騙他人的人稱為타짜（老千）。

민짜 图 ▶ 未成年人

[min-jja]　　　민（未成年的）＋짜

例 내 스타일이길래 나이를 물어봤더니 민짜였다 .

因為他是我的菜，所以問了一下年紀，竟然還未成年。

● 미성년자（未成年人）的一般説法，原本有「민（沒有修飾或附加任何東西）＋짜」的意思。

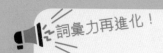

副詞型語尾：리、이、게、히

形容詞멀다（遠的）接上리就變成副詞멀리（遠地）。類似功能的語尾有리、이、게、히等字，出現在後綴代表具有前接詞的傾向，記住這個規則便能事半功倍。

리—語尾是르或終聲ㄹ的形容詞。

【例】다르다（不同的）→ 달리（不同地）／넓다（寬的）→ 널리（很寬地）／멀다（遠的）→ 멀리（遠地）／빠르다（快的）→ 빨리（很快地）＊르不規則變化

이—終聲ㅂ、終聲ㅍ、沒有接하다的詞、以같다或없다結尾的詞。

【例】많다（很多）→ 많이（很多地）／깊다（深的）→ 깊이（很深地）／기껍다（高興的）→ 기꺼이（高興地）／똑같다（一模一樣的）→ 똑같이（一模一樣地）／없다（沒有～）→ 없이（無～）

게—以있다結尾的詞。

【例】있다（有～）→ 있게（為了有～）

히—以하다結尾的詞。

【例】대단하다（了不起的）→ 대단히（了不起）／천천하다（慢慢的）→ 천천히（慢慢地）／조용하다（安靜的）→ 조용히（安靜地）／안녕하다（平安的、有朝氣的）→ 안녕히（平安地、有朝氣地）

※ 還有些例外的接法，以上為大致參考。

第 **3** 章

拆下來仔細
뜯어 看＝觀察
보다

「行為」的語源

- 「主動」的行為
- 強調「動作和狀況」
- 「被動」的行為

갈 [gal] 換掉～、替換～

語源갈다有「換成、交換別的物品」之意，갈아表示「代替」的意思。有時需要空格書寫，有時則不用。

갈아입다 動 ▶ 換裝

[ga-ra-ip-tta]　　　갈아＋입다（穿）

例 갈아입을 옷을 준비하세요 .

請幫我準備要換的衣服。

- 直翻為「換穿」，也就是「換裝」的意思。因為沒有「換裝」的名詞，因此用冠形型갈아입을 옷（換裝用的衣服）來表現。

갈아타다 [動] ▶ 轉乘

[ga-ra-ta-da]

갈아＋타다（搭乘）

例 다음 역에서 갈아타세요 .

請在下一站換車。

● 從「換乘」衍生成「換車」的意思。除了交通工具外，也能用於像是 iPhone 으로 갈아탔다 .（改用 iPhone）的表現。

갈아 치우다 [動] ▶ 更換、更新

[ga-ra chi-u-da]

갈아＋치우다（收拾、完成）

例 최단기록을 갈아 치웠다 .

刷新了最短紀錄。

번갈다 [動] ▶ 改變順序、輪流

[beon-gal-da]

번（號）＋갈다

例 둘이 번갈아 근무한다 .

兩人輪流執勤。

語源備忘錄

使用갈아的單字還有갈아들다（替換）＝갈아＋들다（加入、進入），갈아붙이다（重貼）＝갈아＋붙이다（貼上、附著），갈아 신다（換穿）＝갈아＋신다（穿鞋）等。

껴 [kkyeo] 夾住、重疊

껴的原型是끼다，有「夾住、加入」的意思，後來衍生出「插入、夾入」，以及겹치다（重疊）等意思。例如「也讓我加入」的韓文是나도 껴 주세요 .（直翻為「也把我夾入」）。

껴들다 動 ▶ 插入

[kkyeo-deul-da] 「끼어→껴」＋들다（進入）

例 남 이야기에 껴들지 마세요 .

請不要插嘴。

邊 **卡位** 껴 邊擠 **進去** 들다 ＝ **插入**

껴안다 <small>動</small> ▶ 緊緊擁抱

[kkyeo-an-tta]　　껴＋안다（抱緊）

例 고양이를 껴안고 잤다.

緊緊抱著貓咪睡著了。

- 껴안다指用雙臂抱著的樣子。

껴묻다 <small>動</small> ▶ 混入

[kkyeo-mut-tta]　　껴＋묻다（附著）

例 책이 짐에 껴묻어 왔다.

書本混在行李中被運過來了。

- 껴묻다指被緊緊夾住的樣子，衍生為「混入」的意思。

껴입다 <small>動</small> ▶ 多穿衣服

[kkyeo-ip-tta]　　껴＋입다（穿）

例 추우니까 껴입고 나가세요.

天氣很冷，請多穿一點再出門。

- 껴입다指的是穿很多件衣服的樣子。

語源備忘錄

끼다除了有「夾住」的意思，也有「戴上、插入」的意思。

【例】반지를 끼다（戴戒指）、장갑을 끼다（插口袋）、이어폰을 끼다（戴耳機）

나다 [na-da] **出來**

可以用在某狀況「發生」、記憶或想法「浮現」、餘裕或時間「空了出來」等多種意思，此外也可以表示「順利達成某行為或狀況」。

생각나다 動 ▶ 想到、想起
[saeng-gang-na-da]　　生각（想法）＋나다

例 생각났다 ! 이름이 야마모토예요 !

想起來了！名字是山本！

想法出現 나다

생각

= 想到

相關語源專欄

자라다和자라나다有什麼不同？

자라다和자라나다都有「成長、長大」的意思，不過자라다在語意上更強調「成長」。

자라나다 動 ▶ 成長

[ja-ra-na-da]　　　자라다（養育）＋나다

例 아이가 건강하게 자라나 주기를 바란다.

希望孩子能健康成長。

● ～기를 바라다有「希望～」的意思。

빛나다 動 ▶ 閃耀、發光

[bin-na-da]　　　빛（光）＋나다

例 빛나는 재능을 가진 사람.

耀眼又有才華的人。

되살아나다 動 ▶ 甦醒、復活

[doe-sa-ra-na-da]　　　되살다（復活）＋나다

例 죽은 고양이가 되살아나는 꿈을 꿨어요.

夢見死去的貓咪復活。

잘나다 動 ▶ 優秀、明智、有肚量

[jal-la-da]　　　잘（好好地、時常）＋나다

例 잘났어, 잘났어.

了不起、了不起。（此處有諷刺意味。）

● 잘나다的詞性為動詞，但也常用來形容、諷刺對方「了不起」。잘난 사람是指「優秀的人」或「美女、帥哥」。

내 [nae] 〜出來、拿出

可以接在動詞的前面或後面。例如，依單字組成方式不同，有「내다＋밀다（推）＝내밀다（推出）」、「밀어（推）＋내다＝밀어내다（推出）」兩種說法。

내보내다 動 ▶ 送出
[nae-bo-nae-da] 　　　내다＋보내다（發送）

例 선거에 후보를 내보냈다.

選舉時派出候選人。

● 「拿出＋發送＝送出」的意思。

내세우다 [動] ► 懸掛、主張、拿到面前

[nae-se-u-da]

내다＋세우다（站立）

例 새로운 공약을 내세웠다 .

提出了新的公約。

- 從「擺出、擺在前面」衍生為「懸掛、主張、拿到前面」等意思。

내걸다 [動] ► 祭出、拚命

[nae-geol-da]

내다＋걸다（掛上）

例 실업 대책을 공약으로 내걸었다 .

公約中祭出有關失業的因應對策。

- 從「掛出」的意思衍生為「祭出、拚命」等意思。

내던지다 [動] ► 奮力一擲、拋出

[nae-deon-ji-da]

내다＋던지다（投擲）

例 공을 내던지자 개가 뒤쫓아갔다 .

一把球大力丟出去，狗狗就去追了。

- 從「投出」的意思衍生為「奮力一擲、拋出」等意思。

相關語源專欄

내세우다和내걸다的差異

내세우다和내걸다都有「懸掛」的意思，不過如果從語源解釋的話，내세우다有세우다（讓～站起來）的意思，내걸다則有걸다（懸掛）的意思。硬要說的話，差別在於主張和目標是「立於眼前」還是「向上司提出」，不過實際使用時並不會特別去區分。

달 [dal] 垂下、附著

源於달다（垂、懸掛、附加），也有「垂下、緊貼」等意思。

매달다 動 ▶ 懸吊、垂吊
[mae-dal-da] 　매다（連結）＋달다（掛、附）

例 고양이 목에 방울을 매달았다.

在貓咪的脖子上繫鈴鐺。

● 달다也有「扣鈕扣、設置器具」等意思。

垂掛著 매달다 的獎牌

※獎牌是메달。

달리다 [動] ▸ 被掛上

[dal-li-da]　　달다（掛）＋리（被動）

例 아이돌 그룹 해체 뉴스에 댓글이 만 건 달렸다 .

偶像團體解散的新聞已經有一萬筆留言了。

- 달리다為달다的被動型，有「垂掛、被掛上」的意思。例如 훈장을 가슴에 달다（把勳章別在胸前）。

매달리다 [動] ▸ 垂掛

[mae-dal-li-da]　　매다（連結）＋달다（垂掛）＋리（被動）

例 나뭇가지에 홍시가 매달려 있다 .

熟透的柿子垂掛在細枝上。

- 매달다的被動型，有「被垂掛」的意思。此外還有「憑藉、依附、依靠」之意。

語源備忘錄

달的意思有很多，달아나다（逃走、消失）的달아，語源為닫다（跑）。달콤하다（甜蜜的）的달指「甜的」，달구다（煎、燒）的달指「焦的」，달아보다（預估）的달為「計算」。其他以달開頭的單字，也有很多源自於달（月亮）。

들 ① [deul] 進入

들源自於「進入」之意，들어有著「進來～、進入～」的意思。此外，들還有「隨便做～」的意思（參照P.138），或是像들어내다（拿出來）則是源自於들다（拿、拿起）的들。

들어오다 動 ▶ 進來、入內

[deu-reo-o-da]　　　들어＋오다（過來）

例 안으로 들어오세요.

請進。

들다（進入）
＋
오다（過來）
＝
들어오다
（進來）

들어가다 動 ▶ 進去

[deu-reo-ga-da]

들어＋가다（去）

例 구두를 벗고 들어가세요.

請脫鞋再進去。

들어서다 動 ▶ 進入、站立、開始

[deu-reo-seo-da]

들어＋서다（站、停下）

例 드디어 갱년기에 들어섰다.

終於邁入更年期了。

● 從「自外面進到裡面、停止」衍生為「擠進、排隊」的意思，
也可用於表現「邁入下個季節或時期」。

들이켜다 動 ▶ 痛飲、小酌

[deu-ri-kyeo-da]

들＋이（使動）＋「혀다（拉）→켜다」

例 막걸리를 시원하게 들이켰다.

一口乾完馬格利酒。

● 表示一個勁地喝完酒或飲品的樣子。

相關語源專欄

漢字詞입（入）

和「進入」有關的語源還有입，相當於漢字的「入」，
通常使用於有「進入」之意的漢字詞。

【例】입국（入國，指入境）、입력（入力，指輸
入）、입사（入社，指進公司）、입장（入場）

此外，在漢字中有同樣語源的입（口）則為同音異義，
只看字面容易搞混，須多加注意（參照 P.50）。

둘러 [dul-leo] 圍

源自두르다（包圍、轉一圈），在두르後加上어會變成不規則變化的둘러。둘러有（圍、轉一圈）的意思。

둘러싸이다 動 ▶ 包圍

[dul-leo-ssa-i-da]

둘러＋싸이다（被包住）

例 팬들에 둘러싸인 현빈 씨 .

被粉絲們包圍的玄彬。

圍起來 둘러　被　包住 싸이다　就是 包圍

← 韓流明星

둘러앉다 動 ▶ 坐成一圈

[dul-leo-an-tta]

둘러＋앉다（坐）

例 모닥불에 빙 둘러앉아 이런저런 이야기를 했다 .

在篝火旁，圍坐一圈聊天。

둘러보다 動 ▶ 環視、俯瞰

[dul-leo-bo-da]

둘러＋보다（看）

例 주변을 둘러봤는데 적당한 가게가 없다 .

看了看周圍，卻沒有適合的店。

● 自「包圍」衍生為「環視、俯瞰」的意思。

둘러대다 動 ▶ 籌措、拼湊

[dul-leo-dae-da]

둘러＋대다（貼近、來得及）

例 겨우겨우 둘러대서 집값을 마련했다 .

好不容易籌措到購屋金。

● 也有「資金、物品的流通」的意思。

뜯 [tteut] 分解、剝離

源自於뜯다（拆下）。뜯어有「剝、摘、拔」等意思，指施力將緊貼在一起的東西拉開。此外還有「拆封、拿出」的意思。

뜯어보다 動 ▶ 仔細觀察
[tteu-deo-bo-da] 　　　뜯어＋보다（看）

例 시계의 구조를 뜯어본다.

好好觀察手錶的構造。

● 뜯어보다表示拆卸下來觀察的樣子。

拆下來 仔細 看
뜯어　　　보다
＝觀察

뜯어고치다 動 ▶ 根除

[tteu-deo-go-chi-da]

뜯어＋고치다（改）

例 못된 버릇을 뜯어고친다 .

改掉壞習慣。

뜯어먹다 動 ▶ 撕成小塊、小口吃

[tteu-deo-meok-tta]

뜯어＋먹다（吃）

例 소문난 빵집의 바게트를 뜯어먹는다 .

把知名麵包店的法式長棍麵包撕成一塊一塊吃。

뜯어말리다 動 ▶ 介入制止

[tteu-deo-mal-li-da]

뜯어＋말리다（使停下、使停止）

例 부부싸움을 뜯어말렸다 .

制止夫妻吵架。

● 比起單純用말리다，뜯어말리다含有的「使其停下的力量」
更為強烈，主要用於阻止暴力、打架的時候。

밀 [mil] 推

源自於밀다（施力），也可以用在「推進」抽象事物的時候。

밀어내다 動 ▶ 推出
[mi-reo-nae-da]　　　　밀어＋내다（出來）

例 여론이 국회의원을 공직에서 밀어냈다 .

興論使得國會議員下台。

推出
밀어내다

밀어넣다 動 ▶ 塞入

[mi-reo-neo-ta]

밀어＋넣다（放入）

例 여행가방에 억지로 짐을 밀어넣었다 .

把行李硬塞到行李箱裡面。

밀어붙이다 動 ▶ 草草了事

[mi-reo-bu-chi-da]

밀어＋붙이다（貼）

例 귀찮아서 밀어붙이기 식으로 처리된 안건 .

因為麻煩而草草了結的案件。

- 從「（把事物）推到角落」衍生為「草率解決」的意思，針對「不顧反對硬去做的事情」常會用밀어붙이기來表達。

밀려들다 動 ▶ 湧入、蜂擁而至

[mil-lyeo-deul-da]

밀려（被推擠）＋들다（進入）

例 문을 열자 손님들이 가게 안으로 밀려들었다 .

一開店客人就蜂擁而至。

- 밀려（被推）為밀다（推）的被動型밀리다（被推）再加上어的型態。

때밀이 名 ▶ 搓澡（的人）

[ttae-mi-ri]

때（汙垢）＋밀（掉落）＋이（人）

例 '때밀이'는 옛말이고 , 요즘은 '목욕관리사'라고 한답니다 .

「搓澡工」是以前的講法，最近又有人稱他們是「沐浴管理師」。

- 때밀이是指「搓澡」。近年來，韓國社會風氣鼓勵人們稱呼傳統職業工作者的時候，在職業名稱後面加上「師」字。

알 [al] 知道、了解

源自於알다（知道、了解），알아指「知道、理解、了解」的意思。不過因為알有很多種意思，需要進行區分（參照 P.165）。

알아맞히다 動 ▶ 猜中、說對
[a-ra-ma-chi-da] 　　알아＋맞히다（命中）

例 내가 내는 문제를 알아맞혀 봐.

猜猜我會出什麼題目。

알아내다 [動] ▶ 推測、區分

[a-ra-nae-da]

알아＋내다（拿出）

例 귀 모양으로 범인을 알아냈다 .

從耳朵的形狀推測出犯人是誰。

알아차리다 [動] ▶ 預知、看透

[a-ra-cha-ri-da]

알아＋차리다（做好準備）

例 그는 심각성을 알아차리지 못했다 .

他看不出嚴重性。

● 차리다還有「覺察、訂定對策」等意思。

알아듣다 [動] ▶ 聽懂

[a-ra-deut-tta]

알아＋듣다（聽）

例 방금 내가 한 한국어 알아들었어 ?

剛剛我講的韓文你聽得懂嗎？

● 알아듣다還有「聽取」的意思。

相關語源專欄

有「猜中」之意的單字語意比較

有「猜中」意思的單字包括맞히다、알아맞히다、맞추다，在語意上也有所不同。맞히다有「命中」的意思，有「只選到正解」的感覺。맞추다是在和其他選項比較後，選出較「合理」的答案。알아맞히다則是在精確理解意思的情況下「答對」的意思。

【例】퀴즈의 정답은 맞추는 게 아니라 맞히는 것이다 .（考試的正確答案不能只是「合理」，而是要「精確」。）

엎 [eop] 隱藏、反過來

源自於엎다（隱藏、反過來、翻過來），有「從上面蓋著、反過來、上下顛倒過來」等意思。

엎누르다 動 ▶ 壓制

[eom-nu-reu-da]　　　엎＋누르다（壓、抑制）

例 범인을 뒤에서 덮쳐서 엎눌렀다.

從後面將犯人撲倒後壓制。

엎어지다 動 ▶ 站著的人或物向前倒下

[eo-peo-ji-da]

엎＋어지다（被～、變成～）

例 엎어지면 코 닿을 데 .

倒下就會碰到鼻子的地方。

- 韓文的慣用語，指眼睛到鼻尖的距離，比喻「近在咫尺」。엎어지다也有「上下翻轉」的意思。

엎지르다 動 ▶ 潑灑

[eop-jji-reu-da]

엎＋지르다（踢、用倒）

例 엎질러진 물 .

灑出的水。

- 指把水或液體「打翻、灑出、搖晃溢出來」的動作。엎질러진是「엎지르다（灑出）＋어지다（被～）＋ㄴ（冠形型）」的型態。

語源備忘錄

源自於 엎 一詞的還有 엎드리다（趴下）、엎어놓다（隱瞞、蓋）等。

【例】엎드려 !（快趴下！）

　　　읽던 책을 엎어놓았다 .（把讀到一半的書蓋起來。）

잡다 [jap-tta] 捕捉、看、判斷

잡다有「處理、握、抓」的意思，除了抓住事物，也有「如此判斷」的意思。잡아則變成「揪住～、抓住～」的意思。

얕잡다 動 ▶ 小看、輕視
[yat-jjap-tta]　　　　얕다（淺的）＋잡다

例 얕잡아 보다가는 큰 코 다친다.

小看可是會吃苦頭的。

● 直翻為「小看的話會讓大鼻子遭殃」。

成功了嗎……

太 小看 它了！

얕잡다

語源備忘錄

잡다除了有「捕抓」的意思之外，也能表示以下幾種意思：손을 잡다（握手、締結合作關係）、택시를 잡다（招計程車）、기회를 잡다（抓住機會）、비밀을 잡다（掌握祕密）、직장을 잡다（就職）、날짜를 잡다（訂下日子）。

겉잡다 [動] ► 粗略估計、推算

[geot-jjap-tta]　　　겉（外面、外表）＋잡다

例 겉잡아도 100 명쯤은 온다 .

粗略估計至少來了 100 人。

사로잡다 [動] ► 抓住、擄獲

[sa-ro-jap-tta]　　　살다（活）＋오（使動）＋잡다

例 팬들의 마음을 사로잡는다 .

擄獲粉絲的心。

- 「活著抓起來＝活捉」，衍生為「抓住、擄獲人心」。

잡아당기다 [動] ► 拉緊、拉近、引導

[ja-ba-dang-gi-da]　　　잡아＋당기다（拉）

例 비상시에는 그 줄을 잡아당기세요 .

緊急時，請抓住並緊拉這根繩子。

잡아먹다 [動] ► 獵食、虐待

[ja-ba-meok-tta]　　　잡아＋먹다（吃）

例 나 너 안 잡아먹는다고 늑대는 말했다 .

大野狼說：「我不會吃你。」

- 也有比喻人「像在玩弄獵物」的意思。

휘 [hwi] 揮、捲

接在單字前面是指「加強動作或樣子的程度」，或指「揮動、捲起來」的意思。

휘날리다 動 ▶ 使飄揚

[hwi-nal-li-da]　　　　휘＋날리다（飛舞、飄）

例 〈태극기 휘날리며〉

《太極旗飄揚》

● 由張東健和元斌主演的熱門電影名稱，台灣譯名是《太極旗
——生死兄弟》。

휘감다 _動 ▶ 層層捲起

[hwi-gam-tta]　　휘＋감다（捲）

例 긴 치마를 휘감고 나간다 .

在身上圍了長長的圍巾後出門。

휘젓다 _動 ▶ 攪拌、揮動

[hwi-jeot-tta]　　휘＋젓다（混合、揮）

例 절대 아니라고 고개를 크게 휘저었다 .

大錯特錯而用力搖頭。

- 젓다原指用手或道具攪動水或粉末的意思。也能用來形容脖子或尾巴強烈晃動、手腳在空中揮動的樣子。

휘두르다 _動 ▶ 揮舞

[hwi-du-reu-da]　　휘＋두르다（繞）

例 약한 사람일수록 칼을 휘두르는 법이다 .

越是弱小的人，越會揮動刀子。

- 除了有揮舞刀子或凶器的意思之外，也有使用暴力之意。

相關語源專欄

和휘很像的회，是什麼意思？

和휘很像的還有회，회與漢字的「回」一樣，有「轉、回轉、回來」的意思。

【例】회전（回轉）、회전목마（旋轉木馬）、회답（回答）、회복（恢復）、회수（回收）

뒤 ① [dwi] 使勁、全部

這個뒤源自드위，接在動詞前面就有「使勁地、統統～」的意思。

뒤흔들다 動 ▶ 動搖

[dwi-heun-deul-da]　　뒤＋흔들다（動搖）

例 그녀는 내 마음을 크게 뒤흔들었다 .

她激烈地動搖了我的心。

大力　晃動
뒤　　흔들다

뒤섞다 動 ▶ 混合
[dwi-seok-tta]　뒤＋섞다（混合）

例 남녀를 뒤섞어 한 팀으로 만들었다 .

男女混搭成一隊。

● 也有「各種東西混在一起」的意思。被動型為뒤섞이다。

뒤끓다 動 ▶ 沸騰、亂七八糟
[dwi-kkeul-ta]　뒤＋끓다（煮）

例 전철역은 귀성하는 사람들로 뒤끓었다 .

車站裡面滿滿的都是要回鄉的人們。

● 表示物質、感情往四面八方流動的樣子，也能用來形容滿腹怒火時感到「氣炸了」。

뒤엉키다 動 ▶ 糾纏
[dwi-eong-ki-da]　뒤＋엉키다（使糾纏）

例 여러 생각이 머리 속에서 뒤엉켜 있다 .

各種想法在腦中交錯。

뒤바르다 動 ▶ 亂塗一通
[dwi-ba-reu-da]　뒤＋바르다（塗抹）

例 얼굴에 크림을 덕지덕지 뒤발랐다 .

在臉上亂塗奶油。

● 也有「貼得厚厚的」的意思。

들 ② [deul] 隨意地、意外地

接在動詞、形容詞前面,有「強烈地、勉強地、過分地」等意思,或是「隨便做〜」的意思。들이一詞也有「強烈地、突然地」的意思。

들볶다 動 ▶ 虐待、使喚
[deul-bok-tta]　들＋볶다(炒)

例 종업원을 들볶는다.

使喚員工。

變好吃吧

東炒西炒

들볶다
虐待
蔬菜的廚師

들이대다 勔 ▶ 追問、提問
[deu-ri-dae-da]
　　　　들이＋대다（附著）

例 무리한 요구를 들이댔다 .

提出無理的要求。

들이닥치다 勔 ▶ 蜂擁而至
[deu-ri-dak-chi-da]
　　　　들이＋닥치다（接近、迫在眉睫）

例 빚쟁이가 집으로 들이닥쳤다 .

討債的人蜂擁而至。

들끓다 勔 ▶ 狂熱、沸騰
[deul-kkeul-ta]
　　　　들＋끓다（沸騰）

例 결승골에 환호가 들끓었다 .

決勝之際歡聲沸騰。

語源備忘錄

들이／들也可以用來表達傷痛。

【例 1】들이박다（深深地敲入、強行敲上）＝들이＋
박다（釘釘子）
머리를 나무에 들이박고 엎어졌다 .（頭撞上
樹，摔倒了。）

【例 2】들쑤시다（劇痛）＝들（이）＋쑤시다（抽
痛、疼痛）
충치가 들쑤신다 .（蛀牙好痛。）

막 ① [mak] **粗魯的、胡來的**

源自마구（瘋狂地、胡來地）一詞，衍生為「隨手、粗糙的～」的意思。

막노동 名 ▶ **體力活、體力勞動**
[mang-no-dong] 　막＋노동（勞動）

例 막노동으로 그날 그날을 겨우 산다 .

每天透過體力勞動來勉強過活。

- 不需要什麼技術或知識的體力勞動，也有막일（體力活）的說法。

막노동
肉體勞動 後就要吃

幕之內便當 ！

※幕之內便當是日本代表性的一種便當。

語源備忘錄

此外，막소주（劣酒）、막도장（簡易型印章）等單字也會用到막。

막걸리 名 ▶ 馬格利酒（韓國米酒）、濁酒

[mak-geol-li]　　　막＋거르다（過濾）＋이（東西）

例 과일맛 막걸리는 한 모금만 마셔도 여성들의 입맛을 사로잡는다 .

水果口味的馬格利酒，只要一口就能擄獲女性的味蕾。

막말 名 ▶ 粗話

[mang-mal]　　　막＋말（話語）

例 '버스 막말남'에 이어 이번에는 '지하철 폭언남' 이 등장했다 .

繼「公車髒話男」後，這次登場的是「地下鐵暴言男」。

- 指不小心傷害到對方、不經思考就說出來的話語。

막돌 名 ▶ 粗石、未經加工的石頭

[mak-dol]　　　막＋돌（石）

例 강가에서 주워 온 막돌이 마치 용을 닮았다 .

在河邊撿到的小石頭長得就像龍一樣。

- 「粗石」是指在鄉間小路上或溪谷中滾動、大小不一的石子。

막살다 動 ▶ 漫無目標地生活

[mak-ssal-da]　　　막＋살다（生活）

例 아무런 계획 없이 그렇게 막살아서야 되겠어요 ?

什麼計畫都沒有，這樣子生活下去真的可以嗎 ？

붙 [but] **確實地**

붙다（附著、貼附）有強調「與目標緊貼、緊緊相連」的意思，通常會伴隨著強力的手段。

붙잡다 動 ▶ 握著、抓住

[but-jjap-tta]　　붙＋잡다（握著、抓住）

例 널 놓치기 싫어 . 붙잡을 거야 .

我不會離開你，會緊抓住你！

● 有類似「一把抓住，牢牢抓住不放手」的意思。也能使用在 범인을 붙잡았다 .（狠狠抓住犯人）這種情況。

붙들다 動 ▶ 牢牢抓住

[but-tteul-da]

붙＋들다（拿、舉起）

例 손님을 붙들었다 .

挽留客人。

● 也有「不放手」的意思。

붙따르다 動 ▶ 緊黏在一起

[but-tta-reu-da]

붙＋따르다（順從）

例 고양이가 나를 붙따라 온다 .

貓咪緊緊跟了過來。

● 從「跟隨」轉為「緊黏」的意思。

붙박이장 名 ▶ 嵌入式衣櫥

[but-ba-gi-jang]

붙＋박이다（被嵌入）＋장（藏）

例 그 집은 붙박이장이 있어서 이사 비용이 적게 든다 .

因為這個房子有嵌入式衣櫥，搬家費用比較便宜。

붙안다 動 ▶ 緊緊抱住

[bu-dan-tta]

붙＋안다（抱）

例 겨우 만난 애인을 붙안고 눈물을 흘렸다 .

終於見面的戀人抱緊彼此，流下了眼淚。

● 同樣意思的還有부둥켜안다。부둥켜안다是「붙＋움키다（緊握）＋안다（擁抱）」，源自同一個語源，一般來說，부둥켜안다比붙안다更常使用。

짓 ② [jit] 過分、無情

接在動詞前面，有「過分、無情、胡來、瘋狂」等意思，表示激烈的行為。

짓무르다 動 ▶ 受傷變弱、惡化

[jin-mu-reu-da]

짓＋무르다（脆弱的、弱小的）

例 짓무른 사과 .

撞壞而變軟的蘋果。

● 也很常說成짓물러진 사과。짓물러진是從「짓무르다（受傷變弱）＋어지다（變成～）」組成的짓물러지다，再加上動詞的過去式冠形型ㄴ變化而成。

짓누르다 _動 ▶（毫不留情地）壓制
[jin-nu-reu-da]
짓＋누르다（按壓）

例 경찰관이 범인을 짓눌렀다 .

警察壓制了犯人。

짓밟다 _動 ▶ 踐踏、蹂躪
[jit-ppap-tta]
짓＋밟다（踩踏）

例 그 남자는 나의 호의를 짓밟고 떠나 버렸다 .

那個男人踐踏了我的好意後就走掉了。

짓이기다 _動 ▶ 搓揉、磨碎
[jin-ni-gi-da]
짓＋이기다（揉捏）

例 앤초비와 올리브를 함께 짓이겨서 파테를 만듭니다 .

把鯷魚和橄欖油混在一起，做成肉醬。

짓문지르다 _動 ▶ 磨蹭
[jin-mun-ji-reu-da]
짓＋문지르다（摩擦）

例 고양이가 몸을 벽에 열심히 짓문지르고 있다 .

貓咪拚命用身體磨蹭牆壁。

語源備忘錄

表示動作粗魯的짓還可以接在很多動詞上。
【例】짓＋씹다（咬）＝짓씹다（咬碎）、짓＋먹다（吃）＝짓먹다（狼吞虎嚥）、짓＋찧다（敲打）＝짓찧다（敲好幾下）、짓＋치다（打）＝짓치다（亂打）

처 [cheo] 任意、很多

在動詞前面加上처，除了能強調動作之外，也有亂來的意思，或指做出不好的行為。

처먹다 動 ▶ 暴食
[cheo-meok-tta]　　처＋먹다（吃）

例 처먹지 말고 일이나 해 .

只會大吃大喝卻不工作。

처 먹다
暴食 的人

那個……
吃太多了啦……

처넣다 [動] ▶ 強行進入、打進

[cheo-neo-ta]　　처＋넣다（放入）

例 감옥에 처넣고 가둬라！

打入大牢關起來！

처바르다 [動] ▶ 亂塗一通、亂塗

[cheo-ba-reu-da]　　처＋바르다（塗）

例 여드름을 가리기 위해 파운데이션을 처발랐다．

為了蓋住粉刺，胡亂塗了粉底液。

처박히다 [動] ▶ 打進、塞進

[cheo-ba-ki-da]　　처＋박히다（打進）

例 4년전에 딴 운전면허증은 장롱에 처박혀 있다．

四年前考的駕照就這樣一直塞在櫃子裡。

● 장롱是衣櫥，장롱면허指的就是「有駕照但不常開車的人」。

처매다 [動] ▶ 亂捲一團

[cheo-mae-da]　　처＋매다（捲）

例 다리에 붕대를 처매고 지혈을 했다．

暫且先在腳上纏上繃帶止血。

치다 [chi-da] 強調行動

치다接在動詞語幹後時，有「大力做～、狠狠做～」，促進、強調某行為或動作的意思。

지나치다 [動] ▶ 過度

[ji-na-chi-da]　　지나다（超過）＋치다

[例] 지나친 공손은 예의가 아니다.

過度的謙虛不是禮儀（不如說是失禮）。

竟然超過 40 度了……

過度了！
지나치다

걸치다 [動] ► 披、掛

[geol-chi-da]　걸다（掛）＋치다

例 그 형사는 심하게 구겨진 외투를 걸치고 수사를 나갔다 .

那位刑警披上皺巴巴的外套，出去進行搜查了。

- 也可以用在두 다리를 걸치다（腳踏兩條船）這種表現上。

겹치다 [動] ► 重疊、堆疊

[gyeop-chi-da]　겹（重疊）＋치다

例 우리 집은 경사가 겹쳤다 .

我們家喜事連連。

- 경사是「值得慶祝的事」。好幾件喜事同時發生時，又會說 겹경사（喜上加喜）。

뻗치다 [動] ► 大力拉長、延伸

[ppeot-chi-da]　뻗다（延伸、拉長）＋치다

例 사랑의 손길을 뻗친다 .

伸出援手。

엎치다 [動] ► 覆蓋

[eop-chi-da]　엎다（覆蓋）＋치다

例 엎친 데 덮친다 .

禍不單行。

- 直翻就是「在覆蓋的地方再蓋上去」。「덮다（覆蓋）＋치다」就是덮치다（雪上加霜）。

얻 [eot] 收到～、被～

얻다是「收到」，包含了「借、免費獲得」的意味，指不用付任何代價就能「拜託對方後無條件得到」。不只是自己想要的東西，收到「不想要的東西」時也會使用，例如「得病」、「挨拳頭」等。因此，얻어也有「被～」這種被動的語意。

얻어맞다 動 ▶ 挨打
[eo-deo-mat-tta]　　얻어＋맞다（打）

例 하마터면 얻어맞을 뻔했다.

那時差點就被打了。

語源備忘錄

얻다表示「在沒有付出金錢的狀況下，從對方那裡收到自己想要的東西」。收到的東西例如：信賴、好評、知識、權力、成果、媳婦等。在這種時候使用얻다，就有「如自己所願得手」的意思。

얻어먹다 動 ▶ 討吃的

[eo-deo-meok-tta]

얻어＋먹다（吃）

例 그만 얻어먹어라.

不要再討吃的了。

- 그만〜是指「停止做〜」的意思。

얻어듣다 動 ▶ 偶然聽到

[eo-deo-deut-tta]

얻어＋듣다（聽）

例 얻어들은 풍월.

偶然聽來的風月。

- 韓文的慣用語，比喻「偶然聽到，而非自己學習來的知識」。
  風月，指吟風弄月、欣賞大自然的雅興。

얻어걸리다 動 ▶ 偶然得到

[eo-deo-geol-li-da]

얻어＋걸리다（掛上）

例 직장이 얻어걸렸다.

在職場上出運了。

- 얻어걸리다也包含了「偶然、幸運」的意味。

相關語源專欄

받다（收到）和얻다（得到）的差別

兩者都有「得到」的意思，不過「收下」對方送的東西
或遞來的物品時，會用받다表示。例如전화를 받다（接
電話）、선물을 받다（收禮物）。此外，分數、學位、
信件、傷口等，也都是使用받다。

若收到遊戲獎品、商品贈品、對方贈送的東西時，則兩
個動詞都可以用，不過意思上會有以下的差別：

- 표를 받았다.（收到票了。）→對方給的、或要花錢買
- 표를 얻었다.（獲得票了。）→自己想要、或免費的

당하다 [dang-ha-da]

被～、被打敗

당하다是「對上」的意思，再加上被動的表現。「遭受～的眼光」或「接受、蒙受」等，通常都是用在不太好的事或負面的情況下。

무시당하다 動 ▶ 被無視
[mu-si-dang-ha-da]   무시（無視）＋당하다

例 인사했는데 무시당했다.

打了招呼卻被無視了。

無視
무시

被她～
당했다

衝擊……

이용당하다 動 ➤ 被利用

[i-yong-dang-ha-da]　　　　　이용（利用）＋당하다

例 선량한 사람은 이용당하기 쉽다 .

善良的人容易被利用。

거절당하다 動 ➤ 被拒絕

[geo-jeol-dang-ha-da]　　　거절（拒絕）＋당하다

例 수제 먹이를 고양이한테 거절당했다 .

親手做的飼料被貓咪拒絕了。

배신당하다 動 ➤ 被背叛

[bae-sin-dang-ha-da]　　　배신（背叛）＋당하다

例 배신당한 사람은 누구냐 ?

是誰被背叛？

相關語源專欄

당하다和받다的差別

당하다和받다接在名詞後面，有表示「被～」的意思，
通常받다會接好事，당하다則會接壞事。

【例】칭찬（稱讚）、사랑（愛）→ 받다

【例】모욕（侮辱）、거절（拒絕）、사기（欺騙）→
　　　당하다

也有些名詞的後面接這兩種動詞都可以，例外的用法要
另外背起來。

和日文意思不同的韓文漢字詞

例如계산（計算），在韓文和日文裡是對應同樣的漢字，意思也相同，像這樣的單字很多。不過，偶爾也會有韓文和日文的漢字相同，意思卻不同的漢字詞出現，需要特別注意，以下將介紹一些同形異義的漢字詞。

「接待」和「접대」

漢字詞「接待」在韓文中是접대。但若想表達日文意思中的「接待」時，則會用表示「禮數、待遇」的대접（待接）。像是성접대（性接待）這樣的詞，在韓國會用접대，有「接待的方式不太恰當」的意涵。대접則有「對客戶、客人接待周到」之意。

「相談」和「상담」

漢字詞「相談」在韓文中是상담，有「針對議題進行正式討論」的含意。若想表達日文中的「相談」（商量、協商）時，則會使用의논（議論）、상의（相議）。

「愛人」和「애인」

애인的漢字是「愛人」，代表「戀人」的意思，與日文中的「愛人」意思不同，日文的漢字詞「愛人」是「小三」的意思。

「反轉」和「반전」

반전的漢字是「反轉」，韓文意思有「回歸正常」、「正反面」的意思，有時也能用於表示「反轉」。順帶一提，반전 드라마（反轉劇）是指劇情發展出乎意料的戲劇。

「折半」和「절반」

절반的漢字是「折半」，韓文中常用來表示「一半」的意思。要注意，若直接講日文的「半分」（반분）對方會聽不懂。

第4章

大家都素顏 민낯

「樣子、狀態」的語源

- 表示「樣子」
- 表示「大小」
- 表示「新舊」
- 表示「狀態」
- 有「遺憾」的含意

겉 [geot] **外面的、外表的**

有「外面的、外側的、外表的」之意，反義詞為속（中、內）。

겉옷 图 ▶ **外衣、外套**
[geo-dot]　겉＋옷（衣服）

例 추우니까 겉옷을 입고 나가라 .

天氣很冷，穿上外套再出門。

● 注意，겉옷的發音為 [거돋]。

겉 옷
外側的服裝　　　就是 外套

겉모습 名 ▶ 外貌、外表

[geon-mo-seup]　　겉＋모습（模樣）

例 겉모습만 보고 판단하면 안 돼 .

不能只看外表就下判斷。

겉치레 名 ▶ 表面、虛有其表

[geot-chi-re]　　겉＋치레（修飾）

例 겉치레로 한 소리니까 너무 믿지 말아 .

因為說的是客套話，不要太相信。

겉절이다 動 ▶ 淺漬

[geot-jjeo-ri-da]　　겉＋절이다（醃漬）

例 요즘 젊은이들은 겉절이김치를 좋아한다 .

最近的年輕人喜歡淺漬泡菜。

- 只有醃漬外層的意思，淺漬泡菜的韓文為겉절이김치。

相關語源專欄

치레──表示「外面的、外表的」

치레接在部分名詞後面，指「虛有其表」的意思。

【例】설치레（新年穿的華服）＝설（新年）＋치레

말치레（花言巧語）＝말（話語）＋치레

옷치레（盛裝打扮）＝옷（衣服）＋치레

겹 [gyeop] 雙重的

겹表示「重疊、撞期」的意思，也可衍生為「襯料」、「雙重的」、「平行時空下同時發生某事」的意思。

겹살림 名 ▶ 離開家各自生活
[gyeop-sal-lim]　　겹＋살림（生活）

例 우리 식구는 겹살림한다.

我們家的人各過各的生活。

● 很少用在正面的情況，例如成家後分居的狀況就不會使用。

兒子和老婆都去了美國……

過著 겹살림 的人

겹바지 图 ▶ 有襯料的褲子

[gyeop-ba-ji]　　겹＋바지（褲子）

例 공사 현장에서는 겹바지를 입는다 .

在工地會穿縫有襯料的褲子。

● 겹＋옷（衣服）指「有襯料的衣服」。

겹받침 图 ▶ 複合終聲

[gyeop-bat-chim]　　겹＋받침（終聲）

例 겹받침은 가나다순으로 빠른 쪽을 발음한다 .

複合終聲要選順序較前面的子音發音。

● 「終聲」指出現在一個字的音節最後的子音。겹받침則指終聲中包含兩個子音，發音上會看順序來決定要發音的子音。

겹사돈 图 ▶ 親上加親

[gyeop-sa-don]　　겹＋사돈（姻親）

例 며느리 쪽 친정과 겹사돈하게 되었다 .

我們家和親家是親上加親。

겹쳐지다 動 ▶ 重疊

[gyeop-chyeo-ji-da]　　겹치다（重疊）＋어지다（變成～）

例 일요일이 공휴일과 겹쳐지면 다음날이 휴일이 된다 .

若禮拜日和國定假日為同一天，隔天就會放假。

語源備忘錄

名詞＋겹다會有「～有餘、無能為力」等意思。
【例】눈물（眼淚）＋겹다（溢出）＝눈물겹다（淚流滿面）、힘（力量）＋겹다（有餘）＝힘겹다（力有未逮、無能為力）

롭다 [rop-tta]　滿是～、很～

接在名詞後面就有「像是～的樣子、充滿～、很～」的意思。大多接在沒有終聲的名詞、表達抽象意思的名詞後面。有終聲的單字不接롭다而是接스럽다。

향기롭다 形 ▶ 香的、芬芳

[hyang-gi-rop-tta]　향기（香氣）＋롭다

例 묵은 잎보다는 햇잎을 우린 차가 향기롭다.

比起變老的茶葉，加入新葉的茶會更香。

香氣十足

향기롭다
향기 ＝ 芳香的
향기
향기
향기

자유롭다 形 ▶ 自由的
[ja-yu-rop-tta]
　　자유（自由）＋롭다

例 하늘에 떠가는 구름처럼 자유롭게 살고 싶다 .

想要像在空中漂浮的雲朵般，自由自在地生活。

순조롭다 形 ▶ 順利的
[sun-jo-rop-tta]
　　순조（順利）＋롭다

例 유학 준비가 순조롭게 진행되고 있다 .

留學的準備進行得很順利。

평화롭다 形 ▶ 平和的
[pyeong-hwa-rop-tta]
　　평화（平和）＋롭다

例 평화로운 해변의 마을에서 일박합니다 .

在平和安寧的海濱小鎮住一晚。

조화롭다 形 ▶ 協調
[jo-hwa-rop-tta]
　　조화（調和）＋롭다

例 가수의 목소리와 노래가 참 조화롭다 .

歌手的歌聲搭配歌曲十分和諧。

語源備忘錄

使用롭다的單字，不只有자유롭다（自由的）、여유롭다（有餘裕的）等正面意義的單字，也能用在像是해롭다（有害的）＝해（害）＋롭다、위태롭다（危險的）＝위태（危急）＋롭다這種有負面意義的單字上。

맨 [maen] 裸的

맨有「裸的、原始的」之意。除此之外還有「只有這樣的、不包括其他的」，或是表達「不再～」的意思。例如「肉眼、裸眼」就是맨눈。

맨발 名 ▶ 光腳
[maen-bal]　　맨＋발（腳）

例 그 배우는 맨발로 구두를 신는 것으로 유명하다.

這個演員以光腳穿鞋而出名。

光腳
맨발
穿皮鞋

맨손 图 ▶ 空手

[maen-son]   맨＋손（手）

例 맨손으로 물고기를 잡았다 .

空手捕魚。

- 空手也能用빈손（空的手）來表示。

맨밥 图 ▶ 沒有菜的白飯

[maen-bap]   맨＋밥（飯）

例 맨밥으로만 먹어도 너무 맛있다 .

就算只吃飯也很美味。

맨땅 图 ▶ 沒鋪東西的地面

[maen-ttang]   맨＋땅（土地、地面）

例 맨땅에 그냥 앉았다 .

直接坐在地板上。

語源備忘錄

맨也有「第一、最～」的意思，但書寫的時候要空格。

【例】맨 앞（最前面）、맨 처음에（最初的）

민 [min] 毫無～、原樣的

민是미다（毫無毛髮、露出肌膚的模樣）的冠形型，表示「沒有附著任何多餘的東西」、「零添加、原汁原味」的意思。

민낯 图 ▶ 素顏、沒化妝

[min-nat]　　　민＋낯（臉）

例 민낯이 더 예쁘다.

她素顏更漂亮。

- 新聞節目中出現的「～的素顏、～的真相」等説法，韓文會用～의 민낯來表示。

大家都是素顏 민낯

민소매 图 ▶ 背心
[min-so-mae]　　　민＋소매（袖子）

例 같은 색으로 민소매는 없어요？

沒有同色的背心嗎？

● 順帶一提，「素的、沒有紋路的」叫做민무늬。

민물고기 图 ▶ 淡水魚
[min-mul-kko-gi]　　　민＋물（水）＋고기（魚）

例 민물고기는 구워서 먹는 게 좋다．

淡水魚適合烤來吃。

민머리 图 ▶ 光頭、和尚
[min-meo-ri]　　　민＋머리（頭）

例 민머리가 된 그의 모습이 어색하다．

他光頭的樣子看起來很彆扭。

● 어색（語塞）하다是指「話語堵塞」，也就是指「不知道要
說什麼的狀態」。

相關語源專欄

「露出」在韓文中也能用알來表達

알和민同樣都有「裸露、露出」以及「本質」之意。

【例】알몸（裸體）＝알＋몸（身體）、알거지（身無
分文）＝알＋거지（乞討）、알짜（精選）＝알
＋짜（東西）

此外，알也有表示「卵、蛋」以及「粒狀的」等意思。

【例】알약（藥丸）＝알＋약（藥）

새 ① [sae] 樣子

能表達「成果、形式、樣子、程度」等，接在名詞後面不須變化，接在動詞、形容詞後，則前面的語幹須加上名詞化語尾ㅁ（事物）。

모양새 图 ▶ 形式、容貌
[mo-yang-sae]　　모양（模樣、樣子）＋새

例 그 사람하고 모양새가 비슷하다 .

樣子和那個人好像。

모양 模樣 和 새 姿色 浮現出來

A同學他……

A同學？

차림새 图 ▶ 打扮、服裝

[cha-rim-sae]　차리다（整理）＋ㅁ（事物）＋새

例 차림새로 보아 군인인 것 같았다 .

從服裝來判斷，看起來像是軍人。

- 打理裝扮的樣子，也有「儀容」的意思。

꾸밈새 图 ▶ 裝飾的樣子

[kku-mim-sae]　꾸미다（裝飾）＋ㅁ（事物）＋새

例 집 꾸밈새가 분수에 안 맞는다 .

家裡裝潢不符合身分地位。

생김새 图 ▶ 姿態、相貌、外表

[saeng-gim-sae]　생기다（生出、產生）＋ㅁ（事物）＋새

例 씩씩한 생김새가 마음에 들어 .

我很滿意那威風凜凜的姿態。

- 有「表現出色」的意思。

쓰임새 图 ▶ 用途

[sseu-im-sae]　쓰이다（被使用）＋ㅁ（事物）＋새

例 이 유모차는 쓰임새가 많다 .

這台嬰兒車的用途很多（很廣）。

생 [saeng] **生的、沒熟的**

同漢字的「生」，也有「未經加工、還沒熟的、生的」之意，例如耳熟能詳的생맥주（生啤）。也能從「生的狀態」衍生為「不成熟的、多餘的、無法的」等意思。

생지옥 图 ▶ 人間地獄

[saeng-ji-ok] 　　생＋지옥（地獄）

例 생지옥 같은 날들.

彷彿人間地獄般的每一天。

생부모 名 ▶ 親生父母

[saeng-bu-mo]　　생＋부모（父母）

例 갑자기 생부모가 만나러 왔다.

親生父母突然來見我。

생가슴 名 ▶ 自尋煩惱

[saeng-ga-seum]　　생＋가슴（胸、心情）

例 생가슴을 태웠다.

杞人憂天。

- 也能表示「多餘的擔心」。

생트집 名 ▶ 找碴、無理取鬧

[saeng-teu-jip]　　생＋트집（挑剔）

例 자꾸 생트집을 잡는다.

時常提出無理的要求。

생고집 名 ▶ 老頑固

[saeng-go-jip]　　생＋고집（固執）

例 그 사람은 가끔 쓸데없는 생고집을 부린다.

那個人常常對一點芝麻小事固執己見。

- 毫無根據地固執己見。「固執己見」的動詞除了能用부리다，
  還能用피우다來表示，例如생고집 피우지 마!（不要為無聊
  的事情固執己見）。

語源備忘錄

> 생也有以下的用法，同漢字詞的「生」。
> 【例】선생（先生，即老師）、인생（人生）、생명
> 　　　（生命）、생물（生物）

스럽다 [seu-reop-tta] ～的樣子

原本不是那個樣子，但有點「～的樣子、～傾向、～風、彷彿～、～的感覺」，常接在有終聲的名詞後面。

사치스럽다 刑 ▶ 奢侈的

[sa-chi-seu-reop-tta]

사치（奢侈）＋스럽다

例 사치스러운 생활.

奢侈的生活。

按摩師 →

사치스럽다
太奢侈了～

相關語源專欄

스럽다和답다的差別

스럽다指「～的樣子、～傾向」，답다指「值得～、適合～」，意思不同的地方如下例：

남성스럽다（像男生的，事實上不是男生）、남자답다（有男人味的）。

使用스럽다的單字還有여성스럽다（像女生的）、촌스럽다（老土的，촌＝村）、갑작스럽다（突然的）、급작스럽다（倉促的）、불안스럽다（不安的）等。

어른스럽다 形 ▶ 老成的

[eo-reun-seu-reop-tta]

어른（大人）＋스럽다

例 어른스러운 태도 .

老成的態度。

미안스럽다 形 ▶ 抱歉的

[mi-an-seu-reop-tta]

미안（感到抱歉）＋스럽다

例 너무 미안스럽게 생각합니다 .

我感到十分抱歉。

사랑스럽다 形 ▶ 討喜的、令人憐愛的

[sa-rang-seu-reop-tta]

사랑（愛）＋스럽다

例 아버지를 따라오는 애가 너무 사랑스럽다 .

跟在父親後頭的小朋友實在令人憐愛。

새삼스럽다 形 ▶ 事到如今

[sae-sam-seu-reop-tta]

새삼（如今）＋스럽다

例 새삼스럽게 왜 그래 ?

事到如今還要說什麼？

● 새삼也有「將已知的事物換個新的方式感受或思考」的意思。

相關語源專欄

表示「～的樣子」的풍（風）

풍同漢字的「風」，有「模樣、樣式」的意思。例如本質並非如此，卻沿用某種樣式或氛圍的時候，會講복고풍（復古風、懷舊）、도시풍（都會風）等。不過在指「和風」或「洋風」的時候，則會講일본식（日本式）、서양식（西洋式）。

직하다 [ji-ka-da] 值得去做～

接在動詞、있다或없다的名詞化語尾ㅁ／음之後，表示具備「看得出～、～的樣子、值得～」的必要條件。ㅁ／음직＋하다則變成「有～的價值」的意思。

믿음직하다 ⑱ ▶ 可靠的、值得信賴的
[mi-deum-ji-ka-da]　믿다（相信）＋음직＋하다

例 그는 믿음직한 배우다.

他是位值得信賴的演員。

● 近似詞還有듬직하다.

값得信任的 믿음직한 食用油 식용유

語源備忘錄

ㅁ／음직하다和ㅁ／음 직하다在意思上有點不同。ㅁ／음직하다指「值得去做～」，ㅁ／음 직하다則表示「有～的可能性」。

【例】새가 먹이를 먹었음 직하다.（鳥好像把飼料吃掉了。）→有這個可能性

있음 직한 이야기（可能的故事）

먹음직하다 ⑱ ▶ 看起來好吃的
[meo-geum-ji-ka-da]

먹다（吃）＋음직＋하다

例 이 김치는 먹음직하다 .

這個泡菜看起來好好吃。

바람직하다 ⑱ ▶ 理想的
[ba-ram-ji-ka-da]

바라다（希望、願望）＋ㅁ직＋하다

例 바람직한 방법 .

理想的方法。

들음직하다 ⑱ ▶ 有聽的價值
[deu-reum-ji-ka-da]

듣다（聽）＋음직＋하다

例 선생님의 이야기는 언제나 들음직하다 .

老師的話總是值得一聽。

相關語源專欄

表示「沒有～」（否定）的몰（沒）

以下舉例的單字都包含具否定意義的몰，同漢字的「沒」。

【例】몰상식（沒常識）＝몰＋상식（常識）

몰인정（沒人情，即薄情）＝몰＋인정（人情）

몰염치（沒廉恥，即無恥）＝몰＋염치（廉恥）

몰지각（沒知覺，即不明智）＝몰＋지각（知覺）

173

작은 [ja-geun] **年幼的、小的**

작은是작다（小）的冠形型，有「年幼的、小的～」之意。常用在작은아버지（父親的弟弟，即叔叔）等家族成員的名稱，接在稱謂前面表示年紀較小。

작은손자 图 ▶ 長孫以外的孫子
[ja-geun-son-ja]　　　작은＋손자（孫子）

例 거기는 작은손자가 10 명이나 있대요 .

聽說那裡除了長孫以外還有十個孫子。

長孫

其他孫子 = 작은손자

語源備忘錄

和家人有關的稱謂還有작은며느리（長男以外的其他兒子娶的媳婦）、작은아버지（父親的弟弟，即叔叔）、작은어머니（叔叔的妻子，即阿姨）等。

작은집 图 ▶ 小老婆家

[ja-geun-jip]　　작은＋집（家）

例 작은집에서 2 호점을 열었다 .

在小老婆家開了分店。

작은곰자리 图 ▶ 小熊座

[ja-geun-gom-ja-ri]　　작은＋곰（熊）＋자리（座）

例 작은곰자리의 폴라리스만은 절대로 안 움직인다 .

只有小熊座裡的北極星是絕對不會移動的。

● 類似韓劇中會出現的台詞。

작은딸 图 ▶ 小女兒

[ja-geun-ttal]　　작은＋딸（女兒）

例 큰딸보다 작은딸이 예쁘다 .

比起大女兒，小女兒更可愛。

● 「小兒子」的韓文為작은아들。

相關語源專欄

內行人才知道！실和「silk」竟然是同個語源？

表示「小的」或「細的、薄的」的語源還有실，同漢字的「絲」，並和英文「silk」有語源關係。

【例】실바람（微風）＝실＋바람（風）、실마리（線索、契機）＝실＋「머리（頭）→마리」、실고추（辣椒絲）＝실＋고추（辣椒）

잔 [jan] **細的、小的**

잔是잘다（細、小）的冠形型。

잔소리 名 ▶ **碎碎念**
[jan-so-ri]
　　　　　　잔＋소리（聲音）

例 와이프의 잔소리를 듣는다 .

　聽妻子碎碎念。

● 잔소리也能譯為「教訓」，常用於妻子對丈夫、母親對孩子、
　老師對學生説教的時候。

小的聲音
잔　　　소리　＝嘮叨

夫 →

妻 →

잔주름 图 ▶ 細紋

[jan-ju-reum]　　잔＋주름（皺紋）

例 잔주름이 생겼다 .

長出細紋。

- 주름指臉上的「皺紋」或洋裝上的「皺摺、摺痕」。주름이 지다指「皺起」的意思。

잔머리 图 ▶ 小伎倆、小聰明

[jan-meo-ri]　　잔＋머리（頭）

例 그는 IQ 는 높지 않지만 잔머리를 잘 쓴다 .

他的智商雖然不高，卻很會耍小聰明。

- 잔머리有「想簡單了事而耍的小聰明」的感覺。

잔병 图 ▶ 小病

[jan-byeong]　　잔＋병（病）

例 잔병이 많다 .

體弱多病。

- 指常常生病的樣子。

잔돈 图 ▶ 零錢

[jan-don]　　잔＋돈（錢）

例 잔돈으로 바꿔 주세요 .

請幫我換成零錢。

- 잔돈除了可以代表「零錢」，也有「找錢」的意思。

큰 [keun] **大的、最年長的**

큰是크다（大）的冠形型。

큰물 名 ▶ 大場地、大舞台

[keun-mul]　　큰＋물（水、海，衍生為大場地）

例 큰물에서 놀아서 그런지 일을 잘한다 .

可能是因為曾在大公司工作的關係，工作做得挺好的。

● 在這種情況下，놀다就不是「玩樂」，而是「工作」的意思。

큰딸 图 ▶ 長女
[keun-ttal]　　큰＋딸（女兒）

例 우리 큰딸은 올해 서른이 된다 .

我們家大女兒今年就要三十歲了。

- 相似詞還有큰＋아들（兒子）＝큰아들（長男）。相反詞有 막내아들（小兒子）、막내딸（小女兒）的說法。

큰며느리 图 ▶ 長男的妻子
[keun-myeo-neu-ri]　　큰＋며느리（媳婦）

例 큰며느리와 시어머니의 갈등 .

長男的妻子與婆婆的糾葛。

- 「婆媳問題」稱為고부갈등。另外，用큰稱呼的親戚有큰아 버지（伯父）、큰어머니（伯母）等。

큰일 图 ▶ 大事、要事
[keu-nil]　　큰＋일（事）

例 큰일 났다 , 큰일 났어 !

大事不好啦！

- 直翻就是「出大事了」的意思。큰일有種出乎意料的意味， 像是屬下跑過來說「老大，大事不妙啦」的感覺。

큰비 图 ▶ 大雨、豪雨
[keun-bi]　　큰＋비（雨）

例 큰비 때문에 홍수가 났다 .

因大雨釀成洪水。

한 ① [han] 大的、多的

하다在古代有「大、多、滿」的意思，現代已經不使用這些意思。한是하다的冠形型，演變為「大的～、很多～、滿滿的～」等意思。

한걱정 名 ▶ 超擔心
[han-geok-jjeong] 　한＋걱정（擔心）

例 해고를 당할까 봐 한걱정하고 있다.

十分擔心自己會不會被開除。

● 也能說成한시름（巨大的煩惱）。

大的擔心就是

한 걱정

超擔心

要是破產的話……

怎～麼～辦～

한가위 名 ▶ 中秋

[han-ga-wi]　　　한＋가위（農曆八月的滿月）

例 한가위 보름달

中秋滿月（農曆八月十五日）

- 한가위的가위是從漢字的「嘉俳」（가배）演變而來，韓國的中秋節在新羅時代稱為「嘉俳」，是在農曆八月中旬舉行的節慶活動。有種說法是，因為農曆八月十五日會出現大大的滿月，因此演變為한가위。

한글 名 ▶ 韓文

[han-geul]　　　한＋글（文）

例 할머니는 한글을 모르신다 .

奶奶看不懂韓文字。

- 也有說法是한源自於「韓」一字。

한길 名 ▶ 大街

[han-gil]　　　한＋길（路）

例 한길에서 장사하고 있다 .

在大街上做買賣。

늦 [neut] **遲的、晚的**

源自有「遲、晚」之意的늦다，也表示「動作慢、時間晚了、跟不上時代」等意思。

늦잠 图 ▶ **睡過頭**
[neut-jjam]　　　늦＋잠（睡覺）

例 늦잠을 자서 지각했다.

因為睡過頭而遲到了。

● 늦잠是名詞，後面要接動詞자다（睡）。

睡得太晚了……
늦잠

늦더위 图 ▶ 秋老虎

[neut-tteo-wi]

늦＋더위（暑氣）

例 올해는 늦더위가 심하다 .

今年的秋老虎發威。

늦가을 图 ▶ 晚秋

[neut-kka-eul]

늦＋가을（秋）

例 명작 "늦가을" 이 지금 상영중이다 .

知名作品《晚秋》現正上映中。

● 順帶一提，「晚夏」叫做늦여름。

늦바람 图 ▶ 晚風、黃昏之戀

[neut-ppa-ram]

늦＋바람（風、外遇）

例 늦바람이 났다 .

上了年紀才外遇。

● 바람（風）有「外遇」的意思，「有外遇」的韓文為바람을
피우다（直翻為「吸風」）。

語源備忘錄

使用늦的單字還有很多，像是늦김치（加了大量的鹽，
保存到春天還能吃的泡菜）、늦장마（遲來的梅雨）、
늦둥이（老來得子）、늦공부（遲來的學習）等，基本
上，只要加上늦就可以變成一個單字。

【例】올해는 늦장마가 되겠습니다 .（今年的梅雨有
可能會遲到。）→天氣預報常用的說法

새 ② [sae] **新的**

새接在部分單字後面時，有代表「新的～」之意。

새로 副 ▶ 新～

[sae-ro] 　　　새＋로（副詞化）

例 이 옷은 콘서트를 위해 새로 만들었어요 .

這件衣服是為了演唱會新做的。

새로
該換 **新** 的 了吧！

用手機查查看

啪哩啪哩

새해 图 ▶ 新年

[sae-hae]　　　새+해（年）

例 새해 복 많이 받으세요.

新年快樂。

● 直翻就是「在新的一年請多多接收福氣吧」。

새것 图 ▶ 新品

[sae-geot]　　　새+것（東西）

例 이거 새것으로 바꿔 주세요.

這個請幫我換一個新的。

새롭다 形 ▶ 新的

[sae-rop-tta]　　　새+롭다（～樣、～感）

例 최애가 새로운 앨범을 냈어요.

我的「本命」出新專輯了。

● 최애的漢字是「最愛」，也就是所謂的「本命」，指自己支持與熱愛的藝人或偶像。

語源備忘錄

새也可以用在和「鳥」有關的單字上。

【例】참새（麻雀）、철새（季節的鳥＝候鳥）

順帶一提，日文中有「麻雀的眼淚」的說法，表示「極少量」的意思，韓文中則是用새 발의 피（鳥足上的血）來表示。

오래 [o-rae] 長時間、很久

源自於오래다（經過長時間、很久）一詞，語源為오라（長的、久的）＋이（副詞化）＝오래。在前綴加上오래就會變成具有「（時間）很久～、許久～」的意思。

오래간만 图 ▶ 好久不見

[o-rae-gan-man]　　오래＋간（間）＋만（樣子）

例 오래간만이네요.

好久不見啊。

● 表達「好久不見」時也能說成오랜만。

本大爺是
Gun Man（槍手）
간 만
오래
今天久違地
工作了……

오래도록 副 ▶ 長時間地、長久地
[o-rae-do-rok]
오래＋도록（～為止、～的程度）

例 사장님의 신세타령은 오래도록 계속되었다 .

社長滔滔不絕地講著他的身世。

● 신세타령的漢字為「身世打令」，代表「身世遭遇」的意思。

오래되다 動 ▶ 經過長時間
[o-rae-doe-da]
오래＋되다（變化）

例 짜파구리를 먹은 지 오래됐다 .

已經很久沒吃炸醬烏龍麵（Chapaguri）了。

● 直翻為「距離吃炸醬烏龍麵很久了」。炸醬烏龍麵是把짜파게티（Chapaghetti，炸醬風味麵）加上너구리라면（浣熊泡麵），混合而成的速食餐點（此處的韓文皆為品牌名）。오래되다也有表示「古老」的意思。

오래오래 副 ▶ 很久很久、許久
[o-rae-o-rae]
오래＋오래

例 오래오래 사세요 .

祝您長命百歲。

● 對長輩說的慣用語。

相關語源專欄

> ### 만的用法
> 常和오래一起使用的만，除了有「～的樣子」外，還有「僅只～」的意思。若接在잠깐／잠시（一陣子）之後，會變成잠깐만／잠시만（短時間），在生活中常用잠깐만요／잠시만요來表示「請等一下」。以下僅供參考，比起잠깐，잠시聽起來會更有禮貌。

헌 [heon] 古老的

헐다（變舊、變破爛）表示物品損毀，헌是헐다的冠形型，有「老的～、變舊的～」之意，有些單字需要空格書寫，有些則不需要。

헌책 名 ▶ 二手書
[heon-chaek] 헌＋책（書）

例 헌책방 거리로 유명한 간다로 간다.

前往以二手書店而聞名的神田。

來看看
舊書
헌책

二手書店

語源備忘錄

헐다同時也是허물다（崩塌）的語源，也有「壞掉、崩塌」的意思。

【例】헌 건물을 헐었다.（拆毀老舊建築。）

헌 집 名 ▶ 老屋

[heon jip]　　　헌＋집（家）

例 헌 집 증후군은 헌 집에서 생긴 곰팡이 , 세균 등으로 발생합니다 .

老屋症候群是指屋內長出黴菌、細菌等現象。

● 因為有機化合物而產生的「新屋症候群」叫做새집 증후군。

헌 옷 名 ▶ 古著

[heon ot]　　　헌＋옷（衣服）

例 헌 옷이 있어야 새 옷이 있다 .

正因為有古著才會有新衣。

● 韓國的諺語，代表「正因為有舊東西，才會覺得新事物更美好」的意思。

헌 신문 名 ▶ 舊報紙

[heon sin-mun]　　　헌＋신문（新聞）

例 헌 신문은 수거해서 재활용된다 .

收集舊報紙，回收再利用。

相關語源專欄

表達「老舊」的另一個語源

表示「老舊的～」的語源還有낡，낡다和늙다（老）以前雖然是相同語源，後來慢慢演變成用늙다來形容人或生物，用낡다來表示東西變舊。

【例】늙은이（老人）、낡은 가방（舊包包）

另一方面，헌多用來指「二手書」、「古著」等，就算變舊還是可以使用的東西。

다랗다 [da-ra-ta] 出奇地

有「很〜、極〜」的意思，接在形容詞後有強調其狀態、性質的意思，也包含說話者的主觀意識和感覺。

커다랗다 形 ▶ 龐大的、巨大的
[keo-da-ra-ta] 　크다（大的）＋다랗다

例 커다란 나무 밑에 아이가 앉아 있었다.

孩子們坐在巨木底下。

都市的大樓都

커다랗다
這麼巨大啊

哇〜

語源備忘錄

다랗다可以直接接在形容詞後面（不過遇到終聲為ㄹ的單字時，ㄹ要脫落），例如깊다랗다（깊다，深的）、높다랗다（높다，高的）、작다랗다（작다，小的）。此外，像是넓다（寬的）、짧다（短的）這類終聲為ㄼ的單字，다要改成따，變成널따랗다、짤따랗다。

가느다랗다 形 ► 纖細的

[ga-neu-da-ra-ta]

가늘다（細的）＋다랗다

例 너 손가락은 너무 가느다랗다 .

你的手指好纖細。

기다랗다 形 ► 很長的、比想像中還長的

[gi-da-ra-ta]

길다（長的）＋다랗다

例 기다란 행렬 .

長長的隊伍。

● 기다랗다主要用來形容狀態和東西的「長度」。

머다랗다 形 ► 遙遠的、比想像中還遠的

[meo-da-ra-ta]

멀다（遠的）＋다랗다

例 머다랗게 보이는 들판 풍경 .

能看到遙遠的原野風景。

相關語源專欄

表示「非常大」的왕

왕是源自漢字「王」的語源，也有「出奇地巨大」、
「超級～」的意思。

【例】왕고집（老頑固）＝왕＋고집（固執）、왕새우
（大蝦）＝왕＋새우（蝦子）、왕소금（粗鹽）
＝왕＋소금（鹽）

드 [deu] 很～、極～

「極其」的意思，強調「越來越～」，程度、狀態增加的事物或動作。

드높다 形 ▶ 很高的
[deu-nop-tta] 　 드＋높다（高的）

例 드높은 가을 하늘 .

天高雲淡的秋空。

好高！
드높다

踮腳尖也拿不到

드넓다 [形] ▶ 遼闊的

[deu-neol-tta]　　드＋넓다（寬廣）

例 드넓은 농장 .

遼闊的農場。

드세다 [形] ▶ 強勢的、強勁的

[deu-se-da]　　드＋세다（強烈的）

例 수능을 앞두고 학부모들의 치맛바람이 드세다 .

升學考試迫在眉睫，家長的應援越來越熱烈。

- 수능指韓國全國性的大學入學考試，全稱為대학수학능력시험（大學修學能力試驗）。치맛바람直翻為「裙風」，比喻對孩子的教育十分上心、行為激進的韓國媽媽，或指女性進行激烈的社會運動等。

드날리다 [動] ▶ 聲名遠播

[deu-nal-li-da]　　드＋날리다（飛）

例 그 선수는 리그 최고의 타자로 명성을 드날린다 .

那位選手以聯盟最強打者之名而廣為人知。

- 也有「遠近馳名」的意思。

들 ③ [deul] 野生的

源自名詞들，有「原野、平原、荒野」的意思，或指「野生的、郊外的」之意。

들고양이 图 ▶ 野貓、流浪貓
[deul-kko-yang-i] 　　들＋고양이（貓）

例 고양이는 사는 장소에 따라 길고양이와 들고양이로 나뉜다.

貓咪依照其居住的地方，可以分為流浪貓和野貓（山貓）。

● 順帶一提，流浪狗叫做들개。

很 **tall** 的 **流浪貓**
（高）

들판 图 ▶ 原野

[deul-pan]   들＋판（場地）

例 바람 부는 들판에 서 있으면 왠지 외롭다 .

佇立在微風吹拂的原野，不知怎地感到一陣寂寞。

● 順帶一提，들놀이有「郊遊」的意思。

들꽃 图 ▶ 野花、野生的花

[deul-kkot]   들＋꽃（花）

例 난 그대만을 위해서 피어난 들꽃이에요 .

我是一朵只為你盛開的野花。

● 順帶一提，들장미有「野玫瑰」的意思。

들놀이하다 動 ▶ 郊遊、野遊

[deul-lo-ri-ha-da]   들＋놀이（玩耍）＋하다（做）

例 주말이라 들놀이하러 나가는 사람이 많네 .

因為是假日，出來郊遊的人還真多呢。

語源備忘錄

韓國料理中不可或缺的들깨（紫蘇），有一種說法是語源來自들（野）＋깨（芝麻），不過也有人認為들不是指「野」，而是指두루（圓），因為真正的芝麻種子形狀平坦，而紫蘇的種子則是圓的。

비뚤 [bi-ttul] 歪斜的、傾斜的

비뚤是비뚤다（歪斜）的冠形型，表示事物扭曲歪斜，也能用於表示抽象事物，像是「性格（마음）扭曲」。

비뚤비뚤 副 ▶ 彎彎曲曲、搖搖晃晃
[bi-ttul-bi-ttul] 　　　비뚤＋비뚤

例 글씨가 비뚤비뚤해서 읽기가 어렵다.

字寫得歪七扭八，很難讀。

● 表示到處都歪七扭八的樣子。

비뚤

비뚤

비뚤

歪七扭八的 道路
비뚤비뚤한　　길

비뚤어지다 動 ▶ 歪斜、扭曲

[bi-ttu-reo-ji-da]　　　　비뚤＋어지다（變成～的樣子）

例 코가 비뚤어지게 술을 마셨다 .

喝得酩酊大醉。

● 直翻就是「喝到鼻子都歪掉了」，比喻喝了很多酒的意思。

비뚤거리다 動 ▶ 搖來晃去、扭來扭去

[bi-ttul-geo-ri-da]　　　　비뚤＋거리다（反覆）

例 술에 취해 비뚤거리면서 집에 갔다 .

喝醉後蹣跚地回到家裡。

● 常說的비틀거리다也有同樣「搖搖晃晃」的意思。

비뚜름히 副 ▶ 微傾、微彎

[bi-ttu-reum-hi]　　　　비뚜름（微傾）＋히（副詞化）

例 비뚜름히 쓴 모자 .

戴得有點斜斜的帽子。

● 비뚤다變化為비뚜르다，비뚜르다＋ㅁ（事物）＝비뚜름。

語源備忘錄

비뚤、비뚝、비틀、비탈等詞都有「搖晃不定、傾斜」之意，비딱하다、비뚜름하다、비듬하다、비뚤다等單字，則代表「微傾、彎曲」的狀態。其中，비틀表示「搖搖晃晃」、비탈表示「斜的」，皆指不穩定的樣子。

【例】비틀거리다（搖晃不定）、비틀비틀（搖搖晃晃）、비탈（斜面）、비탈길（斜坡）

光是비뚜름本身就有「彎曲」的意思，還有前綴接上엇（相互、偏離、斜斜地）的單字，像是엇비뚜름하다（微微傾斜）、엇비뚜름히（斜斜地）等。

잡 [jap] 各種東西混在一起、五花八門的

同漢字的「雜」，表示各種東西混在一起，五花八門的樣子。

잡탕 图 ▶ 雜煮、雜燴

[jap-tang] 　　잡＋탕（湯）

例 '삐까번쩍하다'라는 말은 일본어도 우리말도 아닌 잡탕이다 .

「삐까번쩍하다」一詞是非日文也非韓文的混合語。

● 삐까번쩍是把日文的「ピカピカ」（閃閃發光）和韓文的「번쩍번쩍」（閃閃發光）混合而成的詞語，常常用於日常會話中。잡탕除了指「雜煮食物」外，也有「一團亂」的意思，可衍生為「一團糟的樣子」。

五花八門的 雜湯
잡탕 ＝ 雜燴

잡생각 图 ► 雜念
[jap-ssaeng-gak]   잡＋생각（想法）

例 공부할 때 잡생각이 자꾸 나서 미치겠다 .

念書的時候腦海中不斷浮現雜念，快發瘋了。

잡것 图 ► 廢物、雜物
[jap-kkeot]   잡＋것（東西）

例 잡것들아 ! 내 눈 앞에서 꺼져 !

廢物們！從我的面前消失吧！

- 使用在人身上就有「個性不好的人、舉止惡劣的人」的意思。

잡소문 图 ► 各種傳言
[jap-sso-mun]   잡＋소문（傳言、話）

例 지금 동네의 온갖 잡소문에 대해 얘기하고 있는 중이야 .

現在各種傳言鬧得滿城風雨。

잡수입 图 ► 雜項（額外）收入
[jap-ssu-ip]   잡＋수입（收入）

例 아파트 관리로 생기는 잡수입의 용도는 아무도 모른다 .

大家都不知道大樓管理費的額外收入要用在哪。

공 [gong] 僅有的、空的、浪費的

「空」的漢字詞，從「中空」之意衍生為「浪費的、沒有真材實料」的意思。

공짜 名 ▶ 免費
[gong-jja]　　공＋짜（東西）

例 공짜로 옥수수차를 얻어 마셨다.

什麼都沒做就獲得了玉米茶。

● 공짜常用於日常對話中。

공짜
拿 免費 食物的
朝氣小孩來了

你好！

又來了……

免費 試吃

공백 名 ▶ 空白
[gong-baek]
공＋백（白）

例 컴백까지의 공백 기간 .

回歸前的空窗期。

● 韓國音樂界在推出新歌或新專輯時會使用「回歸」（Comeback）
一詞。

공밥 名 ▶ 沒有配菜的白飯
[gong-bap]
공＋밥（白飯）

例 공무원이 공밥 , 공술을 얻어먹으면 처벌을 받아야
한다 .

公務員只要接受別人請客，就必須受罰。

● 공밥也有「白吃的午餐」的意思。공술則是「免費的酒、招
待酒」。

공치다 動 ▶ 期待落空、撲空
[gong-chi-da]
공＋치다（拍打）

例 오늘 장사가 하나도 안 됐어 . 완전 공쳤어 .

今天的生意一點也不好，希望落空了。

공터 名 ▶ 空地
[gong-teo]
공＋터（地）

例 시내의 공터는 거의 아파트 단지로 채워졌다 .

市內的空地幾乎都被高樓大廈給填滿了。

군 [gun] 沒用的、多餘的

有種說法是군的語源為군색하다（貧窮、窘迫）的군，
不過此說法尚待證實。군有「毫無用途、加上多餘的東
西、沒用的」等意思。

군턱 図 ▶ 雙下巴
[gun-teok]　　군＋턱（下巴）

例 이 군턱을 어떻게 하고 싶다.

想好好處理一下這個雙下巴。

군소리 名 ▶ 廢話、夢話、傻話
[gun-so-ri]　　군＋소리（聲音、話語）

例 웬 군소리가 그렇게 많아 ?

少囉唆！

● 直翻為「怎麼那麼多廢話？」。與군소리類似的單字還有表示「閒聊、說廢話」的군말，由「군（無用的）＋말（話）」組成。

군것질 名 ▶ 買零食吃
[gun-geot-jjil]　　군＋것（東西）＋질（行動）

例 집에 돌아오는 길에 군것질을 사서 먹는 게 습관이 됐다 .

回家的路上買零食吃，已經成了習慣。

● 군것질是指吃正餐以外非必要的食物（主要指零食）。

군침 名 ▶ 垂涎、口水
[gun-chim]　　군＋침（唾液）

例 갈비 얘기만 들어도 군침이 돌았다 .

光聽到燒烤牛排就流口水了。

군식구 名 ▶ 寄宿
[gun-sik-kku]　　군＋식구（食口，即家庭）

例 남친 아냐 , 그냥 우리 집 군식구야 !

他才不是男友，只是住在我家而已啦！

떨다 [tteol-da] 舉止輕浮

떨다有「抖動、搖晃」或「撣掉」的意思，當接在表示動作或性質的名詞後面時，就會有「舉止輕浮」的意思。

건방 떨다 動 ▶ 吊兒郎當的態度
[geon-bang tteol-da]　건방（傲慢）＋떨다

例 건방 떨지 말고 잠자코 있어라.

態度放尊重點，給我安靜。

● 「傲慢自大」是건방지다。

수다 떨다 **動** ▶ 閒聊

[su-da tteol-da]

수다（閒話）＋떨다

例 친구와의 수다 떨기가 나의 일과다 .

和朋友聊天是我的日常。

- 「話匣子、愛聊天的人」會加上쟁이（常常做～的人），變成수다쟁이（參照 P.31）。

부산 떨다 **動** ▶ 大驚小怪

[bu-san tteol-da]

부산（匆忙、吵雜）＋떨다

例 직원들은 곧 연예인이 온다고 부산 떨고 있다 .

職員們因為藝人要來了而大驚小怪。

- 也有「慌慌張張、行徑誇張、吵吵鬧鬧」的意思。

방정 떨다 **動** ▶ 輕舉妄動

[bang-jeong tteol-da]

방정（輕率的舉動）＋떨다

例 일이 성사가 되기도 전에 방정 떨지 마 !

還不知道事情會不會順利進行，不要輕舉妄動！

- 也有「輕率冒失」的意思。

相關語源專欄

떨다＋使動詞구／뜨리다

떨다有「落下」的意思，使動型有떨구다和떨어뜨리다兩種。떨구다常用於像是고개를（把脖子～）／눈물을（把眼淚～）／시선을（把視線～）＋떨구다（用下來），這種「無力垂下、灰心喪氣」的樣子。

另一方面，떨어뜨리다（弄下來）＝떨다＋뜨리다（～地做），主要用來表現把具體的東西用下來的行為。

못 [mot] **無法、不太好**

接在動詞後面，表示無法做某動作或達到某狀態。

못생기다 形 ▶ 不好看
[mot-ssaeng-gi-da]   못＋생기다（產出、誕生）

例 얼굴이 못생겼다.

長得不好看。

只有我 不好看 못생겼다

※也有「天生的長相低於一般水準」的意思。

語源備忘錄

못會依空格書寫的有無而有不同的意思。못 하다（有空格）指「無法」，못되다（無空格）表示「劣勢的、遠不及～」的意思，못쓰다（無空格）指「不太好」，못 쓰다（有空格）則變成「用不了、寫不了」的意思。

【例】여기서 마이크는 못 씁니다.（在這裡不能用麥克風。）

順帶一提，사족을 못 쓰다（直翻是「四肢動彈不得」），是「被迷倒、沉醉」的慣用語。

못살다 動 ▶ 過苦日子
[mot-ssal-da] 　　못＋살다（生活）

例 못살면 터 탓 .

之所以過得不好，都是土地的問題。

- 比喻「在事情不順利時責怪別人」。相反詞為잘살다（過好日子）。

못되다 形 ▶ 壞的、惡質的、殘缺的
[mot-ttoe-da] 　　못＋되다（有用、沒問題）

例 못된 사람들의 공통점 .

可惡之人的共通點。

- 못된又可翻為「可惡的」或「毫無辦法的」。也有못되면 조상 탓（都是祖先的錯）這句諺語。

못나다 動 ▶ 愚鈍的、遜色的、難看的
[mon-na-da] 　　못＋나다（出來）

例 못난 사람일수록 잘난 체한다 .

越是沒有能力的人，越是裝成一副了不起的樣子。

못쓰다 動 ▶ 損壞、不太好
[mot-sseu-da] 　　못＋쓰다（使用）

例 무엇이든 지나치면 못쓴다 .

凡事只要過度都不好（凡事恰當就好）。

빈 [bin] 空的

빈是形容詞비다（空）的冠形型，變成「空的、空著的」之意。

빈 차 图 ▶ 空車
[bin cha]　　빈＋차（車）

例 요즘엔 빈 차들이 많아 길이 많이 막힌다 .

最近空車很多，道路常常壅塞不已。

빈자리 名 ▶ 空位

[bin-ja-ri]　　빈＋자리（位子）

例 승객들이 많이 내려 빈자리가 군데군데 생겼다 .

很多乘客下車，多出了很多空位。

빈집 名 ▶ 空屋

[bin-jip]　　빈＋집（家）

例 빈집에서 이상한 소리가 난다 .

空屋傳出奇怪的聲響。

빈손 名 ▶ 空手

[bin-son]　　빈＋손（手）

例 빈손으로 오셔도 되는데 뭐 이런 걸 다 .

空手來就好，怎麼還那麼客氣（真不好意思，那我就收下了）。

● 對於帶伴手禮來的客人，表達推辭和感謝時的固定説法。

語源備忘錄

和빈有關的諺語빈 수레가 더 요란하다 . ,直翻為「空空的馬車發出的聲音更吵雜」，比喻沒知識的人話更多的意思，類似中文的諺語「半瓶水響叮噹」。빈 수레指的是空的馬車或拉車，比起乘載大量貨物的車，更容易發出「喀拉喀拉」的聲音，這便是此諺語的由來。

선 [seon] 不擅長的、不習慣的

설다（不熟）的冠形型，表示「不熟的、不習慣的、不足的」等意思。

선잠 图 ▶ 淺眠
[seon-jam]　　선＋잠（睡覺）

例 긴장한 탓에 선잠만 잤다.

因為緊張造成淺眠。

- 直翻就是「只有淺淺地睡」，指的是「因睡眠不足而淺眠」，不會用來形容「小睡」這種有意為之的行為或期待的結果。

不足的睡眠
就是 淺眠
선잠

相關語源專欄

설也能用來表示「不熟的、不足的」

源自於설다（不熟）的설也能用來表示「不成熟的、不夠的」等意思。

【例】설익다（半熟的）＝설＋익다（熟）、설삶다（不完全煮熟）＝설＋삶다（燙煮）、설다루다（處理得很糟糕）＝설＋다루다（處理）、설깨다（還沒睡醒）＝설＋깨다（清醒）、낯설다（面生的、陌生的）＝낯（臉）＋설다

선무당 图 ▶ 半吊子

[seon-mu-dang]　　선＋무당（巫堂，即使用巫術的人）

例 선무당이 사람을 잡는다 .

半吊子會壞事。

- 直翻就是「蹩腳女巫抓人」。韓國諺語，比喻「技術還不成熟就不要教別人」的意思。

선웃음 图 ▶ 皮笑肉不笑、陪笑

[seo-nu-seum]　　선＋웃음（笑）

例 종업원은 선웃음을 지으며 대답했다 .

職員邊陪笑邊回答。

선하품 图 ▶ 哈欠連連

[seon-ha-pum]　　선＋하품（哈欠）

例 어젯밤에 잠을 설쳐서 선하품만 나온다 .

昨晚沒有睡飽，哈欠連連。

- 선하품主要指身體不適、聽到自己不感興趣的事情時所打的「哈欠」。

선머슴 图 ▶ 頑童

[seon-meo-seum]　　선＋머슴（男孩子較通俗的說法）

例 선머슴처럼 굴던 애가 이제 완전 숙녀가 되었다 .

曾經調皮搗蛋的孩子完全變成一位淑女了。

- 머슴最初指的是「雇工（被農家僱來耕田的男性）」，衍生為「男孩子」的通俗說法，也有「愛惡作劇的孩子」之意。

얕 [yat] 天真地、淺淺地、看輕地

源自於얕다（淺、低），表示「天真地、淺淺地、看輕地」等意思。

얕보다 動 ▶ 小看、輕蔑

[yat-ppo-da] 얕＋보다（看）

例 돈이 없다고 얕보지 마.

別因為沒錢就小看我！

● 瞧不起或侮辱某人、某事時使用。

淺淺地看 就是 小看
얕 보다

別看我個子 小！喵！

얕잡아 보다 🔲 ▶ 小看、輕視、侮辱

[yat-jja-ba bo-da]　　얕＋잡아（握）＋보다（看）

例 상대가 여자라고 얕잡아 보는 놈이다.

對手是女人就輕敵的傢伙。

- 指小看某個人事物，얕보다和얕잡다都有「輕視、小看對手」之意，在使用上意思差不多。

얕은꾀 🔲 ▶ 小聰明

[ya-teun-kkoe]　　얕은（淺的，얕다的冠形型）＋꾀（智慧、計謀）

例 얕은꾀가 늘었구나.

變得很會耍小聰明嘛。

얕은맛 🔲 ▶ 清淡的口味

[ya-teun-mat]　　얕은（淺的，얕다的冠形型）＋맛（味）

例 건강을 위해서는 얕은맛이 좋다.

為了身體健康，味道清淡一點比較好。

語源備忘錄

本以為在盛行吃辣的韓國，人們會避開口味清淡的食物嗎？為了身體健康，還是要吃些얕은맛、싱거운 맛（皆為淡口味的意思）比較好。即使同樣都是「淡口味」，當要表示味道「不會過於濃郁的美味」時，會使用얕은맛；「味道過於單薄而不好吃」時，則用싱거운 맛。順帶一提，「好吃」為맛있다，「難吃」為맛없다，直翻就是「有味道」和「沒味道」的意思。

애 [ae] 年幼的、不成熟的、最早的

源自於아이（孩子）一詞，有「年幼的、不成熟的、最早的」等意思。

애벌레 名 ▶ 幼蟲
[ae-beol-le]　　애＋벌레（蟲）

例 연두벌레는 호랑나비의 애벌레다.

綠色毛毛蟲是鳳蝶的幼蟲。

啊！是 애벌레 幼蟲！

欸！快丟掉！

語源備忘錄

애還有「心」和「神經」的意思，須特別注意。애쓰다是從「使用神經」衍生為「費神」的意思，애끓다是從「熬煮內心」衍生為「焦慮不安」的意思。

애송이 名 ▶ 乳臭未乾的小子、小伙子

[ae-song-i]　　애＋송이（串、朵等量詞）

例 나이가 어리고 경험이 부족한 사람을 애송이라고 합니다.

年紀輕輕又經驗不足的人，稱為乳臭未乾的小子。

애호박 名 ▶ 小南瓜（韓國櫛瓜）

[ae-ho-bak]　　애＋호박（南瓜）

例 애호박에 말뚝 박기.

在小南瓜上打樁。

- 韓國諺語，比喻「心地不好」。台灣通常稱애호박為「韓國櫛瓜」。애호박還有「類似櫛瓜的葫蘆科水果」的意思。

애송아지 名 ▶ 小牛犢

[ae-song-a-ji]　　애＋송아지（小牛）

例 프랑스에서 애송아지 고기를 먹어 봤다.

在法國會吃小牛犢的肉。

- 송아지已有小牛的意思，애송아지則強調「剛出生的小牛」。

애초 名 ▶ 當初、一開始

[ae-cho]　　애＋초（初）

例 애초부터 성공할 가능성이 없었다.

打從一開始就沒有成功的可能性。

相關語源專欄

아기的語源為악（兒）

아기和아이都有「小孩」的意思，아기的語源為「악（兒）＋이」，아이的아也被認為受到악影響。

엇 [eot] 不一致、偏離

엇有「分歧、偏離、脫落」的意思。另外，出現交錯時，也有「斜斜地」、「互相地」的意思。

엇갈리다 動 ▶ 走錯、擦肩而過
[eot-kkal-li-da] 　　엇＋갈리다（被分開）

例 시간을 착각해서 그녀와 엇갈렸다 .

因為搞錯時間而與她擦身而過。

不一致 而 被分開
엇　　　갈리다
=擦肩而過

在哪啊？

엇바꾸다 動 ▶ 交換
[eot-ppa-kku-da]
엇＋바꾸다（改變）

例 우리는 과자를 빵과 엇바꾸었다 .

我們用零食交換麵包。

- 可以想像成用手作泡菜和手作紫菜飯卷跟鄰居交換。

엇걸다 動 ▶ 互相交錯
[eot-kkeol-da]
엇＋걸다（掛）

例 팔을 엇걸어 줄넘기를 할 수 있어요 ?

你會手交叉跳繩嗎？

- 相互交錯有「交叉」的意思。

엇나가다 動 ▶ 走錯路
[eon-na-ga-da]
엇＋나가다（出去）

例 작은아들이 엇나가서 걱정되었다 .

二兒子走錯路了，讓我很擔心。

- 除了能用在具體的走錯路上，也有「誤入歧途」的意思。

語源備忘錄

엇也有表達「大部分、略有」等大概程度的意思。
【例】엇＋비슷하다（相似）＝엇비슷하다（半斤八兩）
　　　엇＋구수하다（香噴噴）＝엇구수하다（有點
　　　好吃）

잘못 [jal-mot] 做錯～

잘못為名詞，有「犯錯、搞錯、疏失」的意思。當後面接動詞時就會變成「做錯～」的意思，變成輔助動詞的角色。

잘못 타다 動 ▶ 搭錯車
[jal-mot ta-da]　　　잘못＋타다（乘車）

例 전차를 잘못 타셨네요.

原來是搭錯電車了呀。

잘못 생각하다 動 ▶ 誤會
[jal-mot saeng-ga-ka-da]　　　잘못＋생각하다（思考）

例 제가 잘못 생각했어요.

是我誤會了。

● 承認自己想錯或誤會，向對方道歉時常用到的句子。

잘못 알다 動 ▶ 理解錯誤、誤解
[jal-mot al-da]　　　잘못＋알다（了解、知道）

例 우리는 그 사건에 대해 잘못 알고 있다.

這件事是我們理解錯了。

● 잘못 알다的發音會變成 [잘모달다]。還有잘못 보다（看錯）、잘못 읽다（念錯）、잘못 쓰다（寫錯）等表現。

잘못되다 動 ▶ 搞錯、導致不好的結果
[jal-mot-doe-da]　　　잘못＋되다（達到某狀態）

例 주소가 잘못되어 있네요.

搞錯地址了呀。

● 有「搞錯、用錯、以失敗收尾」等意思，當變成冠形型잘못된－時，就會有「錯誤的～、用錯的～」等意思。發生意外喪命時也會使用，例如：그가 교통사고로 잘못되었다는 소식을 들었다.（聽到他因為交通事故而過世的消息。）

語源備忘錄

잘못하다有「做錯事、捅婁子、搞砸」的意思。因為自己犯錯失敗而道歉時，常會說제가 잘못했습니다.（是我的錯／真的很抱歉）。

풋 [put] **不成熟的、脆弱的**

풋有指「新東西」或「還沒熟的、不成熟的」等意思，
語源來自풀（草）＋ㅅ（加在單字與單字中間時表示
「～的」）＝풋。從「不成熟」的意思也衍生為「淺
的、脆弱的、新的」等意思。

풋사과 图 ▶ **還沒熟的蘋果、青蘋果**
[put-ssa-gwa]   풋＋사과（蘋果）

例 풋사과 분말은 다이어트에 효과적이라고 한다 .
聽說青蘋果粉對減肥很有效。

噗……
풋사과
青蘋果
↓

青色的
傢伙……

풋고추 名 ▶ 青辣椒
[put-kko-chu]　풋＋고추（辣椒）

例 풋고추를 고추장에 찍어 먹었다 .

青辣椒沾著辣椒醬吃。

풋사랑 名 ▶ 初戀
[put-ssa-rang]　풋＋사랑（愛戀）

例 풋사랑의 추억이 자꾸 머릿속을 떠나지 않는다 .

初戀的回憶總在腦中揮散不去。

풋술 名 ▶ 初學喝酒
[put-ssul]　풋＋술（酒）

例 직장 생활을 시작하면서 풋술을 배우는 중입니다 .

變成公司職員後開始學著喝不習慣的酒（初學喝酒）。

풋내기 名 ▶ 乳臭未乾的小子、初學者、新手
[pun-nae-gi]　풋＋내기（這種程度的人）

例 그건 풋내기 연예인이 한 실수다 .

這是新進藝人才會犯的錯。

● 指經驗少、工作不太順利的人，也可翻為「菜鳥」。

語源備忘錄

很多單字都會用到풋，其他像是풋잠（淺眠、小睡）＝풋（淺的）＋잠（睡覺）、풋냄새（青澀的氣息）＝풋（青澀的）＋냄새（氣息）等。풋還有「初次」的意思，풋것則指「新貨、今年第一次採收的水果或穀物」。

헛 [heot] **沒用的、空虛的**

有「沒用的、空虛的、沒意義的」等意思。有一種說法是從漢字的「虛」加上ㅅ（的）而來。

헛수고 名 ▶ 徒勞、白工

[heot-ssu-go] 　　헛＋수고（辛苦）

例 헛수고를 한다.

白忙一場。

呼～好 辛苦
헛　　수고
白費工夫啊～

헛소리 图 ▶ 胡言亂語

[heot-sso-ri] 헛＋소리（聲音）

例 그런 헛소리를 믿으면 안돼 .

那種胡說八道的話千萬不可以相信。

헛걸음 图 ▶ 白跑一趟

[heot-kkeo-reum] 헛＋걸음（走）

例 가 봤지만 쉬는 날이라 헛걸음했다 .

去了店面卻沒開，白跑了一趟。

헛기침 图 ▶ 咳嗽、清喉嚨

[heot-kki-chim] 헛＋기침（咳嗽）

例 내 방에 들어오기 전에 아버지는 꼭 헛기침을 한다 .

父親要進我房間之前，一定會先清一清喉嚨。

헛되다 形 ▶ 白費的、不值得的

[heot-ttoe-da] 헛＋되다（變成～）

例 헛된 노력 .

白費力氣。

語源備忘錄

其他使用헛的單字還有헛들리다（有幻聽），即「헛（白費）＋들리다（聽得到）」。

表示「組織、場所」的語源一覽

以下介紹常在地圖或街道指示牌上看到，表示「組織或場所」的語源。

청（所／廳）——**主要表示行政機關的組織或場所。**

> 【例】시청（市廳，即市政府）、구청（區廳，即區政府）、검찰청（檢察廳）、포도청（捕盜廳，朝鮮時代抓捕犯人的組織）

원（院）——**指升大學補習班和一般補習班，在學校外學習的場所。另外，像「梨泰院」這種地名中的「院」，以前曾經是「驛院」（國營旅宿）。**

> 【例】학원（學院）、이태원（梨泰院，地名）

처（處／地）——**表示場所，負責某職務或工作的地方。**

> 【例】판매처（販賣處）、연락처（聯絡處，即地址）、거래처（往來店家、客戶）→거래처的漢字是「去來處」，거래表示「來來去去」的意思。

부（部）——**政府組織，與台灣的「部」、日本的「省」規模相當的組織，在韓國稱作「部」。**

> 【例】외무부（外務部）→類似日本的外務省、台灣的外交部。
> 문화체육부（文化體育部）→類似日本的文部科學省、台灣的文化部，常簡稱為문체부。

※注意，不要搞混서和소！

서指「署」、소指「所」，兩者的發音聽起來幾乎一模一樣，注意別搞混了！

【例】경찰서（警察署）、장소（場所）

第 **5** 章

통구이
一整頭烤
來吃吧！

「量、質」的語源

- 表示「程度」
- 表示「真的、本來」

껏 [kkeot] 很多～、盡可能～

在後綴加上有「到最後」之意的껏／컷，表示「盡可能～、很多～、澈底～」等意思。

실컷 副 ▶ 過分、盡情

[sil-keot] 싫다（討厭）＋컷（껏）

例 실컷 놀자！

盡情地玩吧！

● 也有說法是除了싫껏的ㅎ和ㄱ激音化之外，母音也從ㅡ變成ㅣ，因而變成실컷。

실컷
盡情地
喝紅豆湯吧～

我喝了啦～

정성껏 副 ▶ 竭盡全力、誠心誠意、飽含真心

[jeong-seong-kkeot]　　정성（誠意、真心）＋껏

例 정성껏 모시겠습니다 .

真心誠意地服務。

힘껏 副 ▶ 全力地、竭盡全力

[him-kkeot]　　힘（力）＋껏

例 힘껏 노력한다 .

竭盡全力地努力。

마음껏 副 ▶ 盡情地

[ma-eum-kkeot]　　마음（心情）＋껏

例 마음껏 즐기세요 .

請盡情享受。

語源備忘錄

껏的語源為ㅅ（的）＋긋（地方），有「到～的極限為止」的意思。

늘 [neul] 增加、伸展

늘是늘다（增加、伸展、變長）的語幹，늘어則有「增加～、伸展～、變長～」的意思。還能用於表示空間、時間、勢力上的增加。

늘어나다 動 ▶ 伸展、變長、增加

[neu-reo-na-da]

늘어＋나다（出）

例 인스타그램의 팔로워가 날마다 늘어난다.

Instagram 的追蹤人數日益增加。

늘어나다
增多出去為 增加

要出去囉！ EXIT→

늘어지다 _動 ▶ 變長、遲到

[neu-reo-ji-da]

늘어＋지다（變成～）

例 사고 때문에 도착시간이 늘어졌다 .

因為發生事故所以晚到了。

● 也有「垂掛、下垂」的意思。

늘어붙다 _動 ▶ 貼上、閉門不出

[neu-reo-but-tta]

늘어＋붙다（緊黏在一起）

例 하루종일 방안에 늘어붙어 있다 .

一整天都關在房間裡不出來。

늘리다 _動 ▶ 增加、擴展

[neul-li-da]

늘다＋리（使動）＋다

例 안전을 위해 안전요원을 늘렸다 .

為了安全著想增加了保鑣。

● 此外，還有늘이다（伸展、拉長）＝늘다＋이（使動）＋다、
  늘어가다（變多）＝늘어＋가다（去）等。

語源備忘錄

늘어也有「排列、並排」的意思。
【例】늘어놓다（擺成一排）、늘어앉다（排排坐）、
　　 늘어서다（排排站）

덜 [deol] 差不多～、沒那麼～

源自於덜다（扣除），指沒達到應該達到的程度、狀態，或無法滿足標準，表示不完全的意思。可以用「微不足道（덜）」的諧音來記憶。

덜 익다 動 ▶ 還沒熟的
[deol ik-tta]　　덜＋익다（熟成）

例 덜 익은 감.

還沒熟的柿子。

덜 맵다 形 ▶ 一點都不辣
[deol maep-tta]　　덜＋맵다（辣的）

例 내가 만든 찌개가 덜 맵다 .

我做的湯一點都不辣。

- 常用於和其他東西比較的時候。

덜 먹다 動 ▶ 吃剩、節食
[deol meok-tta]　　덜＋먹다（吃）

例 다이어트 중이라 덜 먹고 있다 .

因為在減肥中，所以要節食。

- 衍生自「差不多＋吃」，變成「（故意）不吃完、節食、吃得少」的意思。

덜 춥다 形 ▶ 不太冷
[deol chup-tta]　　덜＋춥다（寒冷）

例 오늘은 덜 춥네요 .

今天不怎麼冷耶。

語源備忘錄

덜表示「沒達到某種標準、比起以前的程度差很多、不足的、不完全的」等意思。因為是副詞，所以當以덜＋○○的型態出現時，需要空格書寫，不過也有像덜되다（不成熟、不像話）這類不需要空格的單字。

【例】덜된 녀석（糊塗的傢伙）

온 [on] 所有的、全部的

語源可能來自現代已不再使用的形容詞올다（所有的），而온是올다的冠形型。做為冠形型時要空格書寫。

온 세상 图 ▶ 全世界、世界上
[on se-sang]   온＋세상（世上、世界）

例 온 세상을 얻은 듯 .

要掌握全世界。

● 此例句為韓國的慣用語。

온종일 副 ▶ 一整天

[on-jong-il] 온＋종일（整天）

例 온종일 손을 잡고 다녔다 .

一整天牽著手散步。

온몸 名 ▶ 全身

[on-mom] 온＋몸（身體）

例 감기 때문에 온몸이 쑤신다 .

因為感冒的關係，全身痠痛。

온 가족 名 ▶ 家族全員

[on ga-jok] 온＋가족（家族）

例 온 가족 모두 모여 김장을 했다 .

家族全員到齊一起醃泡菜。

● 又可說成온 식구（食口，即家庭），主要用於説明文。

語源備忘錄

온的語源也有「一百」的意思，온갖（所有種類的）一詞由「온（一百）＋가지（種類）」組成，變成「所有的、各式各樣的」之意。

【例】온갖 수단을 써서 당선시켰다 .（不擇手段讓他當選了。）

통 [tong] 一整個

不分開或切開，表示「全體」的意思。

통구이 图 ▶ 全烤
[tong-gu-i] 　　　 통＋구이（烤）

例 캠프에서 돼지 통구이를 해서 먹자！

露營來烤全豬吃吧！

● 韓國料理的「통닭」（全雞）是指用一整隻雞下去料理。例：통닭을 맛있게 먹었다 .（吃全雞吃得津津有味。）

통 구이
一整頭 烤
來吃吧！

통틀어 副 ▶ 結合、全部

[tong-teu-reo]　　통＋틀어（捆）

例 식비까지 통틀어 얼마 주면 돼요？

包含餐費一共要多少錢才行？

- 也有「包括在內」的意思。順帶一提，틀다也有「扭開」開關的意思（以前的開關通常都是用轉的）。

온통 副 ▶ 完全地、全部

[on-tong]　　온（全部）＋통

例 축구 경기장은 온통 붉은 악마로 가득했다.

足球場上座無虛席，清一色都是「紅魔鬼」。

- 온통指一整塊的狀態，是全體無法分開的樣子，相對地，전부則是指由各個個體結合在一起的狀態。例：머리속엔 온통（╳ 전부）밥 생각뿐이다.（滿腦子都是吃的。）另外，「紅魔鬼」是指韓國國家足球隊的球迷。

통째 名 ▶ 整個

[tong-jjae]　　통＋째（全部）

例 월급을 통째로 썼다.

月薪全花完了。

- 此外，還有像是통마늘（一顆蒜／還沒剝開的蒜）、통가죽（整張皮）等單字。

語源備忘錄

통的同音異義字很多，例如통（痛）、통（統）等漢字詞，也與信件的量詞통（封）的發音一樣。

【例】고통（苦痛，即痛苦）、통일（統一）、소식통（消息通，指消息靈通）、편지 1 통（一封信）

此外，有時加上통會變成「一點也不～」的意思。

【例】그는 통 말이 없다.（他不怎麼講話。）

힘 [him] 力

表示「力量、體力、勢力」。並非單純僅指「體力」，抽象的「力量」也常用在慣用語中。

힘들다 〔形〕 ▶ 辛苦的
[him-deul-da] 힘＋들다（進入、需要）

〔例〕 사는 게 힘들다 .

活下去是很辛苦的。

● 衍生自「使勁」，變成「辛苦」的意思。

使勁做辛苦的工作 ＝ 辛苦
힘들다

語源備忘錄

用於表示抽象的「力量」時，使用方式如下：

【例】힘이 세다（力量很強、有權力、有影響力）、
　　　힘이 약하다（力量很弱、沒權力、沒影響力）、
　　　힘에 호소하다（訴諸力量→動武）

其他表現還有像是「影響力很強」為입김이 세다（強烈吐氣），「虛張聲勢」為어깨에 힘을 주다（在肩膀上施加力量）。

힘겹다 形 ▶ 力有未逮、辛苦、困難
[him-gyeop-tta]　　힘＋겹다（重疊）

例 다이어트와의 힘겨운 전쟁 .

與減肥苦戰。

- 힘겹다直翻的話就是「力量重疊」，衍生為「力有未逮、辛苦、困難」的意思。

힘내다 動 ▶ 加油
[him-nae-da]　　힘＋내다（拿出）

例 힘내라 ～!!

加油！

- 直翻為「出力吧」。從「出力」衍生為「加油」的意思。

힘쓰다 動 ▶ 努力、操勞
[him-sseu-da]　　힘＋쓰다（使用）

例 팬들을 위해 비주얼 관리에 힘썼다 .

為了粉絲而努力打理自己。

- 衍生自「使力」，有「努力、操勞、出力、盡力」的意思。비주얼 관리有「管理外貌」的意思，也就是「打理自己的外表」。

힘차다 形 ▶ 有力的
[him-cha-da]　　힘＋차다（充滿）

例 힘차게 출발합시다 !

有力地（有精神地）出發吧！

- 衍生自「力量滿滿」，表示「有力、有精神」的意思。

본 [bon] **真正的、原本的**

同漢字的「本」，用來表示「真正的、原本的」的意思。

본보기 图 ▶ 範本、模範

[bon-bo-gi] 본＋보기（看）

例 남의 본보기가 되는 행동.

為人典範的行為。

● 본本身也有「範本」的意思。

현재 開始 **示範** 給大家 **看**

본 보기

본고장 图 ▶ 原產地

[bon-go-jang]

본＋고장（產地）

例 냉면의 본고장 .

冷麵的原產地。

본마음 图 ▶ 真心

[bon-ma-eum]

본＋마음（心）

例 본마음을 털어놓는다 .

吐露真心。

본뜨다 動 ▶ 成為模範、模仿

[bon-tteu-da]

본＋뜨다（臨摹、模仿）

例 전례를 본뜬다 .

前車可鑒。

제 [je] 註定的、最初的

「本來的、最初的、指定」的意思。

제자리 名 ▶ 原位

[je-ja-ri] 제＋자리（場所）

例 제자리에 앉으세요.

請回到自己的座位。

※제자리걸음指的是「在原位走動」，即「在原地踏步沒有前進」的意思。

제대로 副 ▶ 順利地、好好地

[je-dae-ro]　　제＋대로（按照）

例 공사 때문에 음악을 제대로 못 듣는다 .

因為施工的關係沒辦法好好聽音樂。

제시간 名 ▶ 定時

[je-si-gan]　　제＋시간（時間）

例 약은 제시간에 드세요 .

請定時吃藥。

제때 名 ▶ 指定時間、最佳時期

[je-ttae]　　제＋때（時）

例 제때에 꼭 낼게요 .

請務必在指定日前支付。

- 也能說成제（指定的）＋날짜（日）＝제날짜（指定日、指定日期）。代表「本來的時間」，也有「時間剛剛好」的意思。

외 ② [oe] **單個的、單方的**

代表沒有其他，「只有一個、單純地」，或指不成對、沒有同伴的「單方、獨自一人」等意思。

외톨이 名 ▶ 獨自一人
[oe-to-ri]
　　　　　　　　　외＋톨이（顆、粒）

例 가엾은 루돌프는 외톨이가 되었네 .

可憐的魯道夫變成孤零零一人。

● 〈紅鼻子麋鹿魯道夫〉的歌詞，魯道夫是紅鼻子麋鹿的名字。「關在家裡」叫做은둔형 외톨이，은둔형有「隱遁形」的意思。외톨也能用來表示單粒（톨）分離（외）出來的栗子、蒜頭等。

외아들 名 ▶ 獨生子
[oe-a-deul]　　외＋아들（兒子）

例 외아들에 효자 없다 .

獨生子不孝。

외나무다리 名 ▶ 獨木橋
[oe-na-mu-da-ri]　　외＋나무（木）＋다리（橋）

例 원수는 외나무다리에서 만난다 .

獨木橋上遇仇人。

● 韓國諺語，比喻在無可避免的狀態下遇到討厭的對象。

외길 名 ▶ 直線道路、筆直的道路
[oe-gil]　　외＋길（路）

例 그는 성직자로 한평생 외길을 걸어왔다 .

他畢生都走在神職的道路上。

외고집 名 ▶ 頑固、倔強
[oe-go-jip]　　외＋고집（固執）

例 아버지는 소문난 외고집이라서 아무도 고집을 못 꺾
는다 .

父親是出了名的固執，誰也無法改變他的想法。

相關語源專欄

表示「一對、一雙」的쌍
쌍表示「一對、一雙」的意思，使用於쌍꺼풀（雙眼
皮）＝쌍＋꺼풀（眼皮）、쌍둥이（雙胞胎）＝쌍＋둥
이（小孩）、쌍갈지다（分成兩半）＝쌍＋갈지다（分
開）等單字。

한 ② [han] **真正的、正中間的**

表示空間上的「正中央」、時間上的「中期、最盛期」的意思，為古語하다（大）的冠形型，因此也有「大的、多數的、最旺的」等意思。

한겨울 名 ▶ 隆冬

[han-gyeo-ul]　　한＋겨울（冬）

例 한겨울의 추위는 장난이 아니다.

隆冬真是冷得不得了。

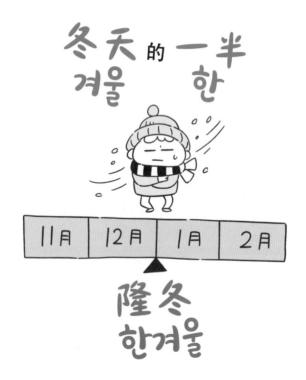

한가운데 图 ▶ 正中間
[han-ga-un-de]   한＋가운데（中）

例 방 한가운데에 고양이가 있다.

房間的正中央有貓咪。

한낮 图 ▶ 正午
[han-nat]   한＋낮（白天）

例 한낮에 꿈꾸는 사람들

《在正午幻想的人們》

- 韓國小說家李無影（이무영）創作的戲曲，著於 1930 年。

한밤중 图 ▶ 半夜
[han-bam-jjung]   한＋밤（夜）＋중（中）

例 이 한밤중에 어쩐 일이세요?

大半夜的怎麼了嗎?

한여름 图 ▶ 仲夏
[han-nyeo-reum]   한＋여름（夏）

例 한여름 밤의 꿈

《仲夏夜之夢》

한 ③ [han] 單個的

하나（一個）的冠形型，指「單個的、同樣～」的意思。

한눈 名 ▶ 一眼
[han-nun] 　　　한＋눈（目）

例 한눈에 반했어 .

一見鍾情。

한 눈
一個 眼睛

就是這樣！

就是 一眼

한눈에 반했어
一見鍾情

한몫 图 ▶ 配額、一項任務

[han-mok]　　한＋몫（應得的酬勞）

例 나한테도 한몫 떼어줘 !

也給我一份啦！

한층 图 ▶ 更加

[han-cheung]　　한＋층（層）

例 더위가 한층 더 심해졌다 .

夏天變得更熱了。

● 「更加地」為 층＋더（更），要注意語順。

한날한시 图 ▶ 同日同時

[han-nal-han-si]　　한＋날（日）＋한＋시（時）

例 한날한시에 난 손가락도 짧고 길다 .

就算同時長出來的指頭，長度也都不一樣。

● 韓國諺語，比喻每個人都不一樣，有自己獨有的特徵。

相關語源專欄

일是「一」的漢字詞

일在使用上同漢字的「一」。

【例 1】일치（一致）

　　　범인과의 DNA 가 일치했다 .（和犯人的 DNA 一致。）

【例 2】일일이（一一、所有）

　　　일일이 설명 안 할게 .（不用一一說明啦。）

此外，還有일시（一時、瞬間）、일과（每天要做的事）、일보（日報、報紙日刊）等。

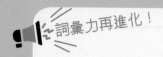

表示「程度」的語源一覽

在韓文裡，泛指大概數量、時期的單字種類有很多，例如「約～、左右」、「時候、時分」等。相似意思的單字在使用方式上也有些不同，要特別記起來。

경—大概的時間、當時

경的漢字是「頃」，表示大概的時間，或「～的時候、大約～」的意思。
【例】3 시경（大約三點）、시월 중순경（大約十月中旬）、내달경（大約下個月）

무렵—～左右、時分

表示時期、季節等大概的時間，寫的時候要和前面的單字空格。
【例】해가 질 무렵（日落時分）、다섯 시 무렵（五點左右）

가량—約～

가량的漢字是「假量」，表示「大約、左右、程度」的意思。
【例】스무 명가량（大約 20 名）、10% 가량（大約 10％）

정도—程度

除了表示分量和範圍的大小，也能用在事物的價值判斷上，寫的時候要和前面的單字空格。
【例】어느 정도（某程度）、그 정도면（如果是那種程度的話）、정도의 차이（程度上的差異）

쯤—約～、大約～、～左右

除了時間也能表示大概的數量。
【例】4 개월쯤（四個月左右）、내년 봄쯤（明年春季左右）、10 개쯤（十個左右）、500 그램쯤（500 克左右）

第**6**章

막내 的 막
是指「最後」的意思

最後的孩子
＝老么

「位置、順序」的語源

- 表示「上下左右及位置」
- 表示「順序」

뒤 ② [dwi] 後面、之後

源自뒤（後、之後），衍生為「在後面、遲的、之後～」的意思。

뒤따르다 動 ▶ 跟著

[dwi-tta-reu-da]
뒤＋따르다（按照、跟上去）

例 안내원을 뒤따라 간다.

跟在導遊後面。

뒤늦다 動 ▶ 遲到、晚的
[dwi-neut-tta]
뒤＋늦다（遲到）

例 뒤늦게 알았다 .

後來我就懂了。

뒤떨어지다 動 ▶ 遜色
[dwi-tteo-reo-ji-da]
뒤＋떨어지다（掉落）

例 그보다 실력은 뒤떨어진다 .

實力比他遜色。

뒤돌아보다 動 ▶ 回顧
[dwi-do-ra-bo-da]
뒤＋돌아보다（環視）

例 인생을 뒤돌아본다 .

回顧人生。

뒤뜰 名 ▶ 後院
[dwi-tteul]
뒤＋뜰（庭院）

例 뒤뜰에는 닭이 두 마리 있다 .

後院裡有兩隻雞。

뒤 ③ [dwi] 另一面

뒤다（彎曲、翻）源自於드위다，接在動詞前有「反面地、相反地」的意思。

뒤집다 動 ▶ 翻面
[dwi-jip-tta]　　뒤＋집다（夾）

例 호떡을 뒤집었다.

把糖餅翻面。

像是把 反面 挑上來
뒤 집다
＝翻面

糖餅 1000 韓元

뒤놓다 動 ► 顛倒、反過來

[dwi-no-ta]　　뒤＋놓다（放置）

例 천지를 뒤놓을 듯한 함성 .

翻天覆地的歡呼聲。

● 從「放在反面」衍生為「顛倒、反過來」的意思。

뒤엎다 動 ► 顛倒、顛覆

[dwi-eop-tta]　　뒤＋엎다（覆蓋）

例 아버지는 소리를 지르면서 밥상을 뒤엎으셨다 .

父親拉大嗓門翻桌了。

뒤바뀌다 動 ► 被反轉

[dwi-ba-kkwi-da]　　뒤＋바뀌다（替換）

例 뜻밖의 한마디로 인생이 뒤바뀔 수도 있다 .

也有人因為意外的一句話而反轉人生。

뒤받다 動 ► 口頭回答、反駁

[dwi-bat-tta]　　뒤＋받다（接受）

例 그는 남이 이야기하면 항상 그 말을 뒤받는다 .

他常常反駁別人講的話。

● 指不接受別人的責罵或建議，「收到後又還回去」的意思。

앞 [ap] **前面**

源自固有詞的앞（前），有「前面、首先、將來的」等意思。

앞당기다 動 ▶ 提早

[ap-ttang-gi-da]   앞＋당기다（拉）

例 회의 일정을 앞당길 수 있어요？

會議可以提早嗎？

앞두다 動 ▶ 近在眼前

[ap-ttu-da]　　　　　　앞＋두다（放置）

例 발표를 앞두고 긴장하는 학생들 .

發表會近在眼前，學生們都很緊張。

앞세우다 動 ▶ 領先

[ap-sse-u-da]　　　　　　앞＋세우다（立起來）

例 말만 앞세우고 몸을 전혀 안 움직인다 .

只會動嘴巴，身體一動也不動。

- 말만 앞세우다直翻的話就是「把話立在前面」，衍生為「只說不做」的意思。

앞장 名 ▶ 前頭

[ap-jjang]　　　　앞＋장（場）

例 시위에 앞장섰다 .

帶頭示威。

앞서다 動 ▶ 事先、率先

[ap-sseo-da]　　　　　　앞＋서다（站）

例 축하연에 앞서 회장님으로부터 인사 말씀이 있겠습니다 .

在慶祝宴會之前，要從會長開始致詞。

앞지르다 動 ▶ 超越

[ap-jji-reu-da]　　　　　　앞＋지르다（快點去）

例 경찰차를 앞질렀다 .

超越警車。

윗／웃 [wit／ut] **上面的**

윗是由表示位置的위（上）＋ㅅ（的）所組成，웃則由
우（上）＋ㅅ（的）所組成（윗脫落ㅣ變成웃）。也能
用來表示抽象人際關係中的「上位」。

윗사람 图 ▶ 身分、地位、年齡高於自己的人
[wit-ssa-ram] 윗＋사람（人）

例 윗사람에게는 존댓말을 씁니다.

對長輩要說敬語。

● 웃어른也有長輩的意思。

윗도리 图 ▶ 上半身、上衣
[wit-tto-ri]　　　　윗＋도리（部分）

例 윗도리는 날씬한데 아랫도리는 튼튼하다 .

上半身明明很瘦，下半身卻很胖。

윗눈썹 图 ▶ 上睫毛
[win-nun-sseop]　　　윗＋눈썹（睫毛）

例 윗눈썹만 펌했어요 .

只燙了上睫毛。

● 從파마（燙髮）簡稱為펌。

윗물 图 ▶ 上游、上司
[win-mul]　　　　윗＋물（水）

例 윗물 맑아야 아랫물이 맑다 .

上游的水清澈，下游的水才會乾淨。

● 韓國諺語，比喻「上梁不正下梁歪」的意思。

웃돈 图 ▶ 差額、多加的錢
[ut-tton]　　　　웃＋돈（錢）

例 이 표는 30％ 의 웃돈을 얹어 매매된다 .

這張票以超過本身 30％的價格賣掉了。

마주 [ma-ju] **正對**

마주的語源是由맞（互相、不相上下）加上副詞語尾오的마조，同時也是마중（迎接）和맞다（合適）的語源。做為副詞時要空格書寫。

마주 앉다 [動] ▶ 面對面坐下
[ma-ju an-tta]　　　마주＋앉다（坐）

例 마주 앉으니까 되게 긴장되네.

因為面對面的關係超緊張的。

마주치다 動 ▶ 偶遇、撞見
[ma-ju-chi-da]
마주＋치다（打）

例 거리에서 어릴 적 친구와 마주쳤다 .

在街上遇到老朋友。

마주하다 動 ▶ 面對
[ma-ju-ha-da]
마주＋하다（做）

例 내면에 숨어있던 또 다른 나와 마주한다 .

面對藏在心中的另一個自己。

마주 놓다 動 ▶ 對齊放好
[ma-ju no-ta]
마주＋놓다（放置）

例 마주 놓고 장식하면 예뻐요 .

對齊裝飾的話會很可愛哦。

● 室內裝潢的店家會使用的慣用語。

마주 보다 動 ▶ 面向、相視
[ma-ju bo-da]
마주＋보다（看）

例 서로 마주 보고 웃었다 .

相視笑了出來。

맞 [mat] **互相地、面向～**

衍生自有「迎接」意味的맞，맞다也有「適合、匹配」或「面對面做著某事」的意思。

맞벌이 图 ▶ 夫妻雙薪

[mat-ppeo-ri]

맞＋벌다（賺錢）＋이（事情）

例 맞벌이 부부.

雙薪夫妻。

嘛！大賺一筆的 맞 벌이 雙薪夫妻

맞선 名 ▶ 相親

[mat-sseon]　　　맞＋선（判斷人的善惡、合適與否）

例 맞선 보기 싫으면 너희 어머니하고 해결해 .

不想相親的話，麻煩去找你媽解決。

맞서다 動 ▶ 頂嘴、頂撞

[mat-sseo-da]　　　맞＋서다（站）

例 상사에 맞서는 한 은행원의 드라마 .

一部講述銀行職員頂撞上司的電視劇。

● 也有「對立」的意思。

맞대다 動 ▶ 碰撞

[mat-ttae-da]　　　맞＋대다（附著）

例 머리를 맞대고 생각했다 .

腦力激盪。

맞장구 名 ▶ 附和

[mat-jjang-gu]　　　맞＋장구（杖鼓，韓國傳統打擊樂器）

例 선생님 이야기에 맞장구를 친다 .

附和老師的話。

● 장구（杖鼓）＋치다（打擊）組合起來就變成「附和」。

語源備忘錄

맞可以看成마주的簡寫。

【例】마주 서다（面對面站著、對決）→맞서다

　　　마주 바꾸다（交換）→맞바꾸다

거슬 [geo-seul] 倒退

源自거스르다（倒退、反向），從不太順利的樣子，衍生出「粗糙不平滑」的意思。

거스름돈 名 ▶ 零錢
[geo-seu-reum-tton]　　　거스르다（倒退）＋ㅁ（事情）＋돈（錢）

例 거스름돈 여기 있습니다 .

這是找您的零錢。

● 與付錢時相反方向回來的錢，也有「找錢」的意思。

거스름 돈
反向的 錢
＝找錢

거슬러 오르다 動 ▶ 追溯

[geo-seul-leo o-reu-da]　　거슬러（反向而行）＋오르다（往上）

例 조선시대의 시초는 약 600년 전까지 거슬러 올라간다.

朝鮮王朝的開始約要追溯至 600 年前。

거슬거슬하다 形 ▶ （肌膚乾燥）粗糙

[geo-seul-geo-seul-ha-da]　　거슬거슬（粗糙地）＋하다（做）

例 스트레스로 피부가 거슬거슬한다.

因為壓力大的關係，肌膚變得好粗糙。

거슬리다 動 ▶ 觸怒、不稱心

[geo-seul-li-da]　　「거스르다→거슬다（反向而行）」＋
　　이（被動）＋다

例 그의 태도는 내 신경에 거슬린다.

他的態度觸怒了我的神經。

語源備忘錄

거슬리다도 能用來表示「對～有礙」的意思。

【例】비위에 거슬리다（得罪）、귀에 거슬리다（刺
耳）、눈에 거슬리다（礙眼）

有時會說저 사람, 눈에 거슬려!（那個人很礙眼！）

돌 [dol] 回轉、改變方向

源自돌다（回轉、改變方向），表示「回頭去做～、改變方向去做～」的意思。

돌아다니다 動 ▶ 來回走動、徘徊

[do-ra-da-ni-da]

돌아＋다니다（來往）

例 호랑이가 동네를 돌아다닌다.

老虎在村裡來回走動。

老虎在山谷裡
兜來兜去
돌아다니다

語源備忘錄

從돌다衍生出來的單字還有돌려보내다（退回、追回）＝돌리다（轉動）＋보내다（發送）、돌이켜 보다（回頭看）＝돌이키다（改變面對的方向）＋보다（看）等。此外，「滴溜溜地」在韓文中是빙빙，빙빙 돌다（滴溜溜地轉）、빙빙 돌리다（一圈圈地繞）等詞常會和돌一起使用。

돌아오다 動 ▶ 回來

[do-ra-o-da]　　　　돌아＋오다（來）

例 사랑하는 사람들은 결국 돌아오는 거야 .

心愛之人終將回來。

● 意指相愛的兩個人，不論發生什麼事都會有情人終成眷屬。

돌아보다 動 ▶ 轉身看、回顧

[do-ra-bo-da]　　　　돌아＋보다（看）

例 학창 시절을 돌아본다 .

回顧學生時代。

● 학창指「學窗」，即學校。

돌아서다 動 ▶ 轉身、不理會、翻面

[do-ra-seo-da]　　　　돌아＋서다（站、停止）

例 누가 이름을 불러 뒤로 돌아섰다 .

好像有誰叫我的名字所以才回頭。

돌리다 動 ▶ 回轉、改變方向

[dol-li-da]　　　　돌다＋리（使動）＋다

例 돌려서 이야기하지 말고 똑바로 말해 !

不要拐彎抹角，有話就直說！

● 也有「繞遠路」的意思，돌려서 이야기하다則變成「拐彎抹角地說話」的意思。

돌（돐）[dol] ～週年

돌（돐）有「週年、紀念日」的意思，也被用來當作計算第幾次生日的單位。

돌잔치 图 ▶ 週歲宴
[dol-jan-chi]　　　　돌＋잔치（宴會）

例 돌잔치 때 금반지를 선물합니다.

在週歲宴時送上金戒指。

一歲的生日派對叫做

週歲　宴
돌　　잔치

語源備忘錄

돌也有「石頭」的意思。

【例】돌김（岩海苔）＝돌＋김（海苔）、돌다리（石橋）＝돌＋다리（橋）、돌대가리（不知變通的人）＝돌＋대가리（頭）、돌고래（海豚）＝돌＋고래（鯨魚）

돌반지 名 ▶ 生日時送的戒指
[dol-ban-ji]　　돌＋반지（戒指）

例 돌반지는 보통 순금으로 만든다 .

生日戒指通常都是純金做的。

돌날 名 ▶ 週歲生日
[dol-lal]　　돌＋날（日）

例 우리 아들 돌날에 이렇게 모여 주셔서 감사합니다 .

感謝各位來參加我兒子的週歲生日。

돌잡이 名 ▶ 抓週
[dol-ja-bi]　　돌＋잡다（抓住）＋이（東西）

例 아드님은 돌잡이로 뭐 잡았어요 ？

您兒子在抓週時抓到了什麼？

- 人們會根據孩子在週歲宴的돌잡이儀式上抓到什麼東西，來
預知孩子的將來。

相關語源專欄

看抓到什麼來預知將來的돌잡이

雖然隨時代不同會有些變化，不過通常會將象徵未來職
業或生活的物品擺在孩子面前，並依孩子最先抓到的東
西來進行預卜。例如聽診器象徵醫生，筆象徵教授，法
槌象徵與法律相關的職業，麥克風象徵藝人，線象徵長
壽，錢象徵富有。因為抓週儀式十分普遍，如果問認識
的韓國人在抓週儀式上抓了什麼，想必能打開對方的話
匣子。

되 [doe] 再次、相反

되有「重新～」和「相反」兩種意思，指重複同個行為或恢復原狀的意思。

되돌아가다 動 ▶ 回去、折返
[doe-do-ra-ga-da]
되＋돌아가다（回去）

例 지갑을 놓고 와서 집에 되돌아갔다.

　　放下錢包後折返回家。

되　　돌아가다
相反地　　回去

就是 折返

啊！

此路不通

되새기다 _動 ▶ 反覆咀嚼

[doe-sae-gi-da]
되＋새기다（銘記）

例 그녀가 떠나면서 했던 말을 되새긴다 .

時常回想她離開前說的話。

되돌리다 _動 ▶ 使逆轉、朝反方向轉

[doe-dol-li-da]
되＋돌리다（轉動）

例 전재산을 다 줘서라도 시간을 되돌리고 싶다 .

若能讓時間倒流，就算要我交出全部財產我也願意。

되살리다 _動 ▶ 復甦

[doe-sal-li-da]
되＋살리다（生存）

例 그는 교통사고를 인해 잊혀진 기억을 되살렸다 .

他恢復了因交通事故失去的記憶。

되찾다 _動 ▶ 恢復

[doe-chat-tta]
되＋찾다（尋找、發現）

例 동생의 인간성을 되찾기 위해 오빠는 수행을 시작했다 .

為了讓妹妹恢復人性，哥哥開始了修行。

語源備忘錄

使用되的單字還有되씹다（重複講同一件事，鬼打牆）、되감다（倒帶）、되걸리다（病情復發）等。

막② [mak] **最後的**

막指「最後」（마지막），表示最終的意思，막有時也指「差不多的」、「胡亂～」的意思，要注意不要搞混了。

막내 图 ▶ 老么
[mang-nae] 　　막＋「낳→내（誕生）」

例 내가 막내다 .

我是老么。

- 막둥이＝막＋둥이（兒童），也有「老么」的意思。

막내 的 **막**
是指「**最後**」的意思

最後的孩子
＝老么

막차 图 ▶ 末班車

[mak-cha]   막＋차（車）

例 막차를 놓쳤다.

錯過了末班車。

막판 图 ▶ 終局、最後關頭

[mak-pan]   막＋판（場）

例 막판 스퍼트

（競爭的）最後衝刺

막달 图 ▶ 預產期

[mak-ttal]   막＋달（月）

例 막달이 됐다.

到了預產期。

相關語源專欄

막的相反詞맏

맏表示「第一個」的意思。

【例】맏아들（長男）、맏딸（長女）、맏이（長子）

　　　진짜 맏이야?（真的是長男／長女嗎?）

새 ③ [sae] 間

表示時間或場所的「間」，從사이（間）變化而來。

밤새 图 ▶ 夜間、一晚
[bam-sae] 　밤（夜）＋새

例 밤새 눈 한 번 붙여 보지 못했다.

一整晚都睡不著。

- 直翻就是「連試著閉上眼睛都辦不到」。

어느새 副 ▶ 不知不覺間
[eo-neu-sae]　　어느（哪個）＋새

例 어느새 서른이 되었다 .

不知不覺間就三十歲了。

새참 名 ▶ 在工作空檔吃的東西、點心
[sae-cham]　　새＋참（餐）

例 새참을 먹느라 잠시 일손을 놓았다 .

為了吃點東西而暫時停下手邊的工作。

- 간식（間食，即點心）是指在正餐之間吃的東西，새참則是指在工作空檔吃的東西，特別是指農業等勞動工作的空檔。

샛길 名 ▶ 岔路
[saet-kkil]　　새＋ㅅ（的）＋길（道）

例 시위대를 비켜 샛길로 빠졌다 .

為了避開示威民眾而走岔路。

- 「岔路」是指從大道分出來的道路，或指接續大道的道路。

語源備忘錄

사이不只能用在具體的「之間」（例如：東西、空間），也能表示抽象的「關係」（例如：人與人的關係、時間）。

【例】우리는 그런 사이가 아니잖아요 .（我們不是那種關係吧。）

어머니가 없는 사이에 손님이 왔다 .（母親不在的時候有客人來。）

철 [cheol] 時期、季節

表示季節、時節的固有詞。接在表示春夏秋冬等時期的單字後面，代表「～的季節」，接在表示行動的單字後面則表示「正值做～的時期」。

제철 名 ▶ 當季
[je-cheol] 제（本來的）＋철

例 제철의 맛

當季美味

看起來好好吃～

本來的時期＝當季
제   철

장마철 图 ▶ 梅雨季、梅雨

[jang-ma-cheol]　　장마（霪雨）＋철

例 한국에서는 6 월 중순이 되면 장마철에 접어든다 .

韓國一到六月中旬就會進入梅雨季。

● 表示季節的單字還有 휴가철（放假的季節）、가을철（秋季）
等。此外，韓國人每年冬天都會醃漬大量泡菜，稱為 김장（越
冬泡菜），而醃泡菜的季節又被稱為 김장철。

철새 图 ▶ 侯鳥

[cheol-ssae]　　철＋새（鳥）

例 철새를 따라 낯선 하늘을 헤맨다 .

跟隨著侯鳥來到陌生的空中徘徊。

한철 图 ▶ 全盛期

[han-cheol]　　한（確實、正中間的）＋철

例 메뚜기도 유월이 한철이다 .

蚱蜢也只活六月一季。

● 韓國諺語，六月是蚱蜢繁衍的最盛期，但是蚱蜢的生命很短，
比喻「鼎盛時期跟蚱蜢的生命一樣總有結束的時候」。另外，
像是海邊攤販、採草莓這種只有旺季才有賺頭的生意，稱作
한철 장사。

語源備忘錄

철也有「區別、判斷」的意思，철이 들다指「做區分、
做判斷」，철이 없다指「沒差、沒禮貌」的意思。另
外，철與表示節慶、節日的절（節）很相似，注意不要
拼錯了。

【例】성탄절（聖誕節）、광복절（光復節）

첫 [cheot] 初次的

表示最初的事物，有「最初、第一個、初次的」之意。

첫눈 图 ▶ 初雪、一眼
[cheon-nun]　첫＋눈（雪、眼）

例 첫눈이 오는 날에 첫눈에 반했다.

在降下初雪的日子裡，對他一見鍾情。

● 在韓國，習慣在降下初雪那一天與戀人碰面。

初雪 之日
첫눈

一見 鍾情
첫눈

첫사랑 图 ▶ 初戀、初戀情人
[cheot-ssa-rang] 　　첫＋사랑（戀愛）

例 첫사랑이 언제예요？

初戀是什麼時候啊？

첫인상 图 ▶ 第一印象
[cheo-din-sang] 　　첫＋인상（印象）

例 첫인상이 좋다．

第一印象很好。

첫발 图 ▶ 第一步、開始
[cheot-ppal] 　　첫＋발（腳）

例 첫발을 내딛었다．

踏出第一步。

첫차 图 ▶ 首班車
[cheot-cha] 　　첫＋차（車）

例 첫차는 5시부터입니다．

首班車從五點開始。

● 此為交通機關對當日首班公車、電車等所使用的詞。

相關語源專欄

> 與漢字「初」對應的韓文為초
> 초在意思上同漢字的「初」。
> 【例】초대（初代）、초보（初步）、초순（初旬）、
> 　　　초여름（初夏）、초하루（每月的一號）、초산
> 　　　（初產，即第一胎）

햇 [haet] 這一年的、新

源自固有詞的해（年／년），햇表示「這一年生產的～、今年產的～、採收的、新」的意思。ㅅ意思為「的」。

햇감자 名 ▶ 新採收的馬鈴薯、初次採收的馬鈴薯

[haet-kkam-ja]　　햇＋감자（馬鈴薯）

例 햇감자는 더 맛있다 .

初次採收的馬鈴薯會更好吃。

햇 감자 是新採收的馬鈴薯 !

語源備忘錄

「新米」是햅쌀。此外，也有像是해콩（新豆）、해쑥（新摘的艾草）這類不是接햇而是接해的單字，不過，這些都是在해後面接硬音（ㄲ、ㄸ、ㅃ、ㅆ、ㅉ）和激音（ㅋ、ㅌ、ㅍ、ㅊ）的單字，所以就算沒有ㅅ也不會硬音化。

햇과일 图 ▶ 當年初次採收的水果

[haet-kkwa-il]　　햇＋과일（水果）

例 햇과일이 신선한 거 당연하다 .

初次採收的水果當然很新鮮。

햇병아리 图 ▶ 剛出生的小雞（菜鳥）

[haet-ppyeong-a-ri]　　햇＋병아리（小雞）

例 입사 3 년 차까진 햇병아리 취급이다 .

進公司滿三年之前都被當成菜鳥對待。

햇밥 图 ▶ 用新米蒸的飯

[haet-ppap]　　햇＋밥（飯）

例 매년 가을 할머니 댁에 놀러가면 햇밥을 지어주셨다 .

每年秋天來祖母家玩，都會有新米蒸的飯可以吃。

● 除此之外還有햇잎（新芽）、햇밤（新栗）等單字。

相關語源專欄

韓文的「中華涼麵上市了」要怎麼說？

日文常說的「中華涼麵上市了」，意即「夏天近了」的意思。韓文中也有一些宣告季節來臨的表現。

【例】콩국수 개시（豆漿冷麵開始）→豆漿冷麵開賣了

參외 있음（有香瓜）→香瓜進貨了

해차 출시（新茶上市）→新茶開賣了 ※ 출시（出市）即「上市」之意

表示「前面、上下、傾斜」的語源一覽

像「前面、上下、傾斜」這類單純用來表示位置關係的語源，常常會衍生用來表示抽象的概念，以下列舉的是前面沒有介紹過的例子。

전 (前)—表示漢字的「前」。

전면 (前面)

【例】차 전면에 스티커가 붙여 있어요 .

車子前面有貼貼紙。

전제 (前提)

【例】남북통일은 평화적 통일을 전제로 한다 .

南北統一是和平統一做為前提。

이전 (以前)

【例】이전처럼 살 수는 없다 .

像以前那樣根本無法生活。

상 (上)—表示漢字的「上」，也能用來指「抽象的空間、關係、遵守」。

인터넷 상 (網路上)

【例】정부는 인터넷 상에 범람하는 가짜 뉴스를 처벌할 계획이다 .

政府正規劃要懲處網路上氾濫的假新聞。

저작권 상 (著作權上)

【例】무단 사용은 저작권법 상 문제가 된다 .

私自轉載會造成著作權法上的問題。

관계 상 (關係上)

【例】연출 관계 상 중간에 들어가지 못 합니다 .

正在表演的關係上，中途無法入內。

※ 其他還有절차 상 (手續上)、외관 상 (外表上)、직업특성 상 (職業性質上，直翻為「職業特性上」) 等。

하／아랫 (下) —하表示漢字的「下」，表示「條件或環境之下」的意思。아랫在固有詞中為「下面的、下方的」。

지배 하 (統治下)
【例】이 지역은 이제 그 나라의 지배 하에 있다 .
　　　這個地方目前在該國的統治之下。

원칙 하 (原則之下)
【例】채점은 맞춤법이 틀리면 감점하는 원칙 하에 이루어진다 .
　　　計分是在拼寫有錯就扣分的原則下進行。

지도 하 (指導下)
【例】감독의 지도 하에서 훈련을 받았다 .
　　　在導演的指導下接受訓練。

식민지 하 (殖民地下)
【例】일본 식민지 하에서 사전을 만들려고 노력했다 .
　　　在日本殖民之下，努力想要編纂詞典。

아랫사람 (部下)
【例】윗사람보다 아랫사람이 더 어렵다 .
　　　下屬比上司更難當。

사／빗 (斜) —除了表示傾斜，也有表示「歪斜、偏離、誤差」的意思。빗為固有詞。

빗면／사면 (斜面)
【例】빗면 (사면) 에 놓인 물체가 받는 중력을 계산하세요 .
　　　請計算物體放置於斜面時的重力。

빗나갔다 (誤入 歧途)
【例】우리 아들은 왕따를 당한 후부터 빗나갔다 .
　　　我家兒子被霸凌後就誤入歧途了。

單字索引

以下為在各章的語源主題和「語源備忘錄」、「相關語源專欄」中出現的單字（不包含每章最後的「詞彙力再進化！」專欄），依照韓文子音的順序排列。

最輕鬆好背的衍生記憶法，韓文單字語源圖鑑

Easy to Learn

輕鬆學系列 035

最輕鬆好背的衍生記憶法・韓文單字語源圖鑑
一度見たら忘れない！韓国語の語源図鑑

作　　　　者	阪堂千津子	
繪　　　　者	しろやぎ秋吾	
審　　　　訂	郭修蓉	
譯　　　　者	陳欣如	
封 面 設 計	張天薪	
內 文 排 版	theBAND・變設計— Ada	
責 任 編 輯	陳如翎	
行 銷 企 劃	陳豫萱	
出版二部總編輯	林俊安	

出　　版　　者	采實文化事業股份有限公司
業 務 發 行	張世明・林踏欣・林坤蓉・王貞玉
國 際 版 權	林冠妤・鄒欣穎
印 務 採 購	曾玉霞
會 計 行 政	王雅蕙・李韶婉・簡佩鈺
法 律 顧 問	第一國際法律事務所　余淑杏律師
電 子 信 箱	acme@acmebook.com.tw
采 實 官 網	www.acmebook.com.tw
采 實 臉 書	www.facebook.com/acmebook01

I　S　B　N	978-986-507-752-5
定　　　　價	360 元
初 版 一 刷	2022 年 4 月
劃 撥 帳 號	50148859
劃 撥 戶 名	采實文化事業股份有限公司
	104 台北市中山區南京東路二段 95 號 9 樓
	電話：(02)2511-9798　傳真：(02)2571-3298

國家圖書館出版品預行編目 (CIP) 資料

最輕鬆好背的衍生記憶法・韓文單字語源圖鑑 / 阪堂
千津子著；しろやぎ秋吾繪；郭修蓉審訂；陳欣如譯.
-- 初版. – 台北市：采實文化事業股份有限公司，
2022.04
288 面；12.8*18.6 公分. -- (輕鬆學系列；35)
譯自：一度見たら忘れない！韓国語の語源図鑑
ISBN 978-986-507-752-5(平裝)

1.CST: 韓語 2.CST: 詞彙

803.22　　　　　　　　　　　　　111002072